牛津大学出版社签约作家、《读者》杂志签约作家共同抒写少年的心灵和青春的梦想

幸运草自己种

陈志宏 著

山东城市出版传媒集团·济南出版社

图书在版编目(CIP)数据

幸运草自己种 / 陈志宏著. —济南：济南出版社，2019.3

（心灵花园丛书）

ISBN 978-7-5488-3595-0

Ⅰ.①幸… Ⅱ.①陈… Ⅲ.①随笔—作品集—中国—当代 Ⅳ.①I267.1

中国版本图书馆 CIP 数据核字(2019)第 036820 号

出版人	崔 刚
责任编辑	张伟卿 姚晓亮
装帧设计	宋 逸
出版发行	济南出版社
地　　址	山东省济南市二环南路1号(250002)
编辑热线	0531-86131741
发行热线	0531-67817923　86922073　68810229
印　　刷	山东省东营市新华印刷厂
版　　次	2019年3月第1版
印　　次	2019年3月第1次印刷
成品尺寸	150mm×230mm　16开
印　　张	7.25
字　　数	72千
印　　数	1-5000册
定　　价	49.00元

（济南版图书，如有印装错误，请与出版社联系调换。联系电话：0531-86131736）

幸运草自己种

目 录

第一辑　成功的反面是什么

会跳舞的皮鞋 / 2

卖日子 / 4

笨鸟展翅源于励 / 6

大树底下好阳光 / 8

感觉最重要 / 10

没有人会笑你 / 12

拨动气泡的手 / 14

成功的反面是什么 / 17

母亲的钱财观 / 20

马不怕慢 / 23

第二辑　美丽不问出处

美丽不问出处 / 26

不可能的可能 / 29

同心锁 / 32

搬开小凳子 / 34

大音之美 / 36

母亲送鸽 / 39

你该感谢谁 / 42

陌生的祝福 / 44

思宝穷到老 / 46

冬天莫砍树 / 48

凳子上的风景 / 50

活着是一种幸福 / 53

第三辑　雪落无声

像 30 年前那样说一声我爱你 / 56

站台上的哑语 / 59

爱是人间最美丽的语言 / 62

蝴蝶之心 / 64

苦香女人 / 67

牵羊上课的教授 / 70

第四辑　无弦的吉他

墙上的母爱 / 74

儿女是父亲最自豪的别墅 / 77

父亲就是打破神话的那个人 / 79

撤诉的女人 / 82

撵走心里的毛毛虫 / 84

一夜握手到天明 / 86

最想和谁在一起 / 89

第五辑　一棵宁静的树

青瓷油灯 / 92

水中成佛 / 95

一棵宁静的树 / 98

故乡的紫云英 / 100

气韵中秋 / 103

幸运草自己种 / 106

秋海棠 / 108

第一辑 成功的反面是什么

　　一个人若要在某一方面有所建树，使自己走向成功，就必须具备一种精神，一种永不言弃、永不放弃的精神。成功的反面不是不成功，也不是失败，而是放弃。人生没有失败，只有放弃。

搞设计不能光靠理论、光凭经验，更需要用心体会，激情燃烧。

会跳舞的皮鞋

一家皮鞋厂因生意红火，正大张旗鼓地招聘皮鞋设计师。我的一位搞油画的朋友在经历多次求职碰壁之后，抱着"死马当活马医"的心态，也报名应聘。他只懂在画布上涂抹美丽，对皮鞋设计一窍不通。

面试那天，他在应聘的队伍中感到形单影只，茫然无依。周围的男男女女都七嘴八舌地聊一些皮鞋设计的话题，一个比一个玄妙，一个比一个声高，他们想借此在气势上压过对方，增强自己对成功的信心。朋友与这些有经验、有理论的应聘者在一起排队，感到非常突兀，像是进错了门一样。在这种情况下，胜算的概率小得几乎可以忽略不计，他想退出竞聘。正转身欲走，主考官叫到他的名字。

朋友硬着头皮来到主考官面前，心情反而轻松多了，因为他知道自己成功的几率很小，对什么都无所谓了。

主考官问："你为什么要做鞋？"朋友竟然像在作画那样，满

幸运草自己种

怀激情地说:"我喜欢。我喜欢一切有生命力的、能给人带来激情的东西。皮鞋就是这样的,它会跳舞,能给人眩晕的感觉!"

主考官微微一笑,下意识地点了点头。他说:"你的想法真奇怪,这世上有会跳舞的皮鞋吗?"

也许是朋友的艺术灵感在发生作用吧,他很动情地说:"一双精美的皮鞋在顾客脚上会给他一个好的心情,每个人在试穿新皮鞋的时候,都会情不自禁地转上一圈,你说,这个时候,是人在跳舞还是皮鞋在跳舞?"

第二天,朋友结束了在南方的飘零生活,被这家皮鞋厂高薪聘请去设计皮鞋。在数以百计的应聘者当中,他是唯一的幸运者。

老板在把朋友领进厂设计室的时候,对众设计师说:"这是我们厂新来的设计师,虽然他从来没干过皮鞋这一行,但他应聘的时候竟然说'皮鞋会跳舞'。看看,多有激情,多有创意。搞设计不能光靠理论、光凭经验,更需要用心体会,激情燃烧。相信他会做出一番成绩来的。"果不其然,朋友在两个月后设计出新款皮鞋"夏之韵"系列,赢得了一个美国大单,给厂里带来可观的效益。

皮鞋会跳舞,乍听起来,荒唐可笑,细细品味,就不难发现其中的创意和激情。在求变求新的职场上,因循守旧、人云亦云,很难开拓出一片新的领地,只有那些有激情、有胆识、有创意的求职者才能脱颖而出,与成功握手。

卖日子，其实就是卖点子。智慧和巧思，正是抵达成功的台阶。

卖日子

你肯定听过卖椅子、车子的，说不定你还亲自卖过椅子、车子，但是，你相信世界上有人能"卖日子"吗？日子也可以当作商品进行买卖吗？不过，你还别说，真有这么一位先生，居然靠"卖日子"发了财呢。他就是法国的贝利。

贝利是一个集报迷，家里收集了许多旧报纸。有一天，一个朋友来访，在他的报纸堆里随便翻翻。突然，他的朋友大叫一声："哟，这天正是我女儿出生的日子。"那位朋友最后要走了那份报纸，满脸都是惊喜，临出门还忙不迭地说："贝利，真是谢谢你，我把这份和我女儿一同诞生的报纸送给我女儿做生日礼物，她一定会非常高兴的。"

通过这件事，贝利突然来了灵感：何不卖日子赚钱？也就是说，把家里的旧报纸当作商品，卖给跟报纸出版日期同一天出生的人。想到做到，贝利把家里的旧报纸一一整理好，成立了历史报纸档案公司，专营生日礼品报纸。

幸运草自己种

每个人都有探源的心理,对自己的生日,以及生日那一天出版的报纸有一种微妙的关切之情。贝利的奇特礼品一经推出,就受到顾客的青睐。不出几日,贝利的报纸销售告罄。于是,他遍访各地的图书馆,请求他们把准备丢弃的旧报纸卖给他。不久,法国国家图书馆等报纸馆藏单位与贝利签约,答应一旦图书馆把旧报纸制成显微胶片后,贝利先生就可优先拥有购买权。

有了丰富的报源之后,贝利就花大力气扩大销售。他在报纸、杂志、广播里大做广告,塑造新型"生日礼品"的形象,并且在礼品店、文具店建立销售点。他凭借自己的经验训练店员,教他们如何向顾客推荐这种礼品,提高销量。

有心人,天不负。如今,贝利的历史报纸档案公司每年可卖出25万份旧报纸,平均每日销出近700份。历史上一个个泛黄的"日子",在他的经营之下都变成白花花的银子。

报纸是我们再熟悉不过的东西,每年积下大量的旧报,绝大多数都被我们卖给了废品收购站。我们怎么就没想到可以卖日子呢?其实,成功的机会就藏在我们身边的每一个角落,只要我们有一双慧眼,就不难发现——智慧和巧思正是抵达成功的台阶。

千鸟于飞,有良师固然好,没有良师,只有自己给自己鼓励,自己激励自己。一旦先于他人展翅,就可以抢先一步入林。

笨鸟展翅源于励

孔祥东出生于一个贫寒家庭,母亲是煤气公司的职工。寒冬腊月,家里没有取暖设备,母亲就给他用盐水瓶灌一瓶温水取暖。很小的时候,孔祥东已显示出了音乐天赋。家里没钱买钢琴,母亲就在一张白纸上画黑白琴键,整出一个钢琴模型。伴着这台纸钢琴,他开始了人生钢琴之旅。

考入上海音乐学院附中之后,孔祥东的钢琴天赋被家庭贫困冲销了,他在班上一点儿也不算突出,成绩名列倒数第三。

初二的时候,有"疯老师"绰号的范大雷先生教孔祥东那个班。范先生见孔祥东比较消沉,把他召到办公室,让他照琴上的谱子弹一遍。孔祥东不明就理,照着乐谱,使出浑身解数弹奏起来。手止乐停,余音不绝。范大雷认真点评:"总的来说不错,技术上没问题,乐感也还好。你没必要老是愁眉苦脸。弹琴要笑,在心里笑,就像阳光照进屋子。"孔祥东头一回听到

幸运草自己种

老师给自己这么高的评价，心里别提多高兴了。

他问范先生："怎样才能弹得更好？"

范大雷没有正面回答他，而是讲国际钢琴大师霍洛维茨的故事给他听，告诉他霍洛维茨每天要弹12～14个小时。孔祥东不信，想：弹这么长的时间，身体能吃得消吗？

范大雷用挑衅的口吻对孔祥东说："不信你试试，说不定你就成了中国的霍洛维茨。"

试试就试试，孔祥东在范老师的激励下，由学变为勤学，由练变成苦练。当年冬天，上海湿冷的天气让人着实吃不消，而琴凳上的孔祥东头发被汗珠濡湿、内衣被汗水浸湿了。他终于相信了霍洛维茨的练琴时间，因为他已连续练琴长达15个小时。

后来的事不用说大家都知道了。1985年，17岁的孔祥东在全国钢琴比赛中获得第一名的好成绩。次年，在莫斯科和西班牙，他同时荣获国际钢琴大奖。在荣誉面前，孔祥东自称是"笨鸟先飞"。

孔祥东的人生历练让我们看到，欲飞振翅之际，范先生的激励给予他无穷的动力。范大雷在肯定了其成绩之后，直接把自己的学生和国际一流的钢琴大师相提并论，激励孔祥东像霍洛维茨那样勤练苦练。这一激，把孔祥东激成一位当代中国的世界级钢琴大师。

普天下之鸟无不想尽早飞入林中，然而，因为没有鼓励而缺乏动力，因为没有激励而失去目标，叫它如何展翅？千鸟于飞，有良师固然好，没有良师，那就自己给自己鼓励，自己激励自己。一旦先于他人展翅，就可以抢先一步入林，及早呼吸成功的气息。笨鸟展翅源于励，这一励，重千钧、值万金啊。

我们可以仰仗大树，我们可以依赖阴凉，但是在心中一定要预留一个位置，让阳光照进来，驱逐懒散和消沉，激发斗志和信心。心中有阳光，人生才透亮。

大树底下好阳光

有一句古话传了千百年：大树底下好乘凉。我们苦心孤诣找到一棵大树之后，乘凉成了唯一的享乐，延伸为生活的第一要义。就在我们躺在大树底下乘好凉的时候，宝贵的时光悄然滑过，宜人的人生风景不幸错过，留下岁月的痕迹，空自蹉跎。

李开复费尽千辛万苦出国留洋，考入美国卡耐基梅隆大学，导师是著名科学家罗杰·瑞迪。罗杰·瑞迪是美国总统特别顾问委员会信息委员会成员，"图灵奖"获得者。师从这么一个实力派科学家，成为他的研究生，李开复不可谓不幸运。换句话说，真是找到一棵枝繁叶茂的"大树"啊。他无须出类拔萃，只要混过研究生毕业，打着师从导师罗杰·瑞迪的牌子，那还不是各大公司的"抢手货"？大树底下好乘凉嘛。

然而，李开复并没有在大树底下解扣乘凉、合眼安眠，而

幸运草自己种

是在大树的荫泽下,发愤学习,刻苦钻研。他一头扎到计算机语言识别系统的研究当中去,潜心研制,立志有所作为。研究进行到关键之处,李开复对导师罗杰·瑞迪的方法产生怀疑,公然拒绝了这位世界顶尖级计算机大师的指导,决定按照自己的方式行事。他向导师力陈自己的观点,坚定地说:"我想这么进行,而不是你所主张的那样。"罗杰·瑞迪说:"我不同意你的看法,但我可以支持你。"李开复是幸运的,因为"大树"自有不一样的风格和气度。

李开复按自己的路子走了下去,罗杰·瑞迪一如既往地给他提供最好的机器和最新的资料。有心人,天不负。李开复顺着自己的方式往前走,研究终于有了重大突破,语音系统的识别率从原来的40%提到80%。直到今天,全世界所有语音识别的研究都是在他开拓性工作的基础上进行的。

如今,李开复已是创新工场的首席执行官。

大树底下不仅好乘凉,更有好阳光。在研究受阻的时候,李开复源何敢于向世界级顶尖大师叫板?可以肯定的是,大师身上散发着阳光。更重要的是,李开复心中有阳光。

我们可以仰仗大树,我们可以依赖阴凉,但是在心中一定要预留一个位置,让阳光照进来,驱逐懒散和消沉,激发斗志和信心。

心中有阳光,人生才透亮。

所有的感觉都是源于自然的,自然总是与苍天相契,与苍生相合。缺乏感觉,只能在量上徘徊,而不能实现质的飞跃。

感觉最重要

李教授是景德镇陶瓷学院的知名陶艺专家,手下每年都有一批硕士研究生毕业。离市区30分钟的车程,有一处"世外陶源"——三宝陶艺研修院。那是他一手创办的工作室,也是他为研究生们上最后一课的地方。

学生毕业前夕,李教授都会带他们来陶艺研修院上最后一课,在古老的辘轳车上,找寻古艺人手工拉坯的感觉。学生们对拉坯是再熟悉不过的了,在学校的实验场里,现代化的拉坯机只要一通电,就能均匀地旋转,湿手,捏模,拉坯,起坯,手到坯成,游刃有余。拉坯是陶艺的基本功,也是最初的工序之一,学生个个精于此道。

他们对李教授大兴复古之风的最后一课很是不解,惊疑地问:"教授,我们一开始就学用电动拉坯机,现在都习惯了,为什么还要我们学习这辘轳车?"李教授微微一笑,说:"你问得

幸运草自己种

好。我为什么要你们来学习用辘轳车拉坯?就是要让你们找感觉,找回自然的感觉。真正的陶艺不是工匠做出来的,应该是自然流露。现在请大家看我怎么用辘轳车手工拉坯。"

只见李教授把和好的泥放在车盘上,用力捶打至熟,蘸上水,揉成一团,然后把摇棍插到辘轳车摇孔里,用力摇摆,辘轳车载着陶泥飞速运转。他轻揉慢捏,缓缓地拉出一个碗坯,棉线一放,坯起车停。学生们看傻了。原来,手工拉坯居然是这样完美。

李教授说:"和一直匀速运行的拉坯机不一样,辘轳车会自动停下来,当你把棉线划开成型坯与瓷土、双手起坯的时候,那一刻的快感,就融合了拉坯的所有快乐!这一系列的动作,是流畅的,是自然的,就像我们呼吸一样。"在李教授的指导下,学生轮流坐在辘轳车前,摇车,拉坯,起坯,古老的辘轳车让他们体会到拉坯的感觉原来是这样的。

夜色迷漫,在灯光下,李教授告诉学生:"做陶瓷,感觉最重要。没找到感觉,那就永远与陶艺有三尺三的距离,只能做一个平凡的陶工。做人,感觉仍然是最重要的,当你活得没什么感觉的时候,生命只剩下苍茫,离绝期也就不远了。"

感觉最为重要,此话一点儿也不假。作家要有语感,音乐家要有乐感,画家要有色感,记者要有正义感,师者要有教感,泳者要有水感……所有的感觉都是源于自然的,自然总是与苍天相契,与苍生相合。缺乏感觉,只能在量上徘徊,而不能实现质的飞跃。感觉的两边,一头是工,一头是艺;一头是造作,一头是天然;一头是"见山是山",一头是"见山还是山"。

陶艺研修院之夜,学生们体会了手工拉坯的快乐,明白了感觉是生命的支撑、是艺术的魂魄。

只要你自己不笑话自己,就没有人会笑你!别人的讥讽不必太在意,什么乌云都会有飞远的那一刻。

没有人会笑你

我上初一的时候,班主任兼语文老师饶怀中先生刚从抚州师专毕业,心怀远大教育理想,勤于教学,善于沟通,希望自己的第一届学生能出类拔萃。一进中学就能遇到这么一位老师,现在想来,真是人生的一大幸事。

每天晚自习,饶怀中先生要求我们写一篇日记,把一天中最有趣、最难忘的事记录下来。对于我们的日记,他每篇必看,每篇必改。这一招对于词短文穷、视写作为畏途的我来说,是最狠的一招,让人心生余悸。

记得我有一次发高烧,晚自习坐在座位上,昏昏沉沉,没有一点生气。临交日记,我匆匆写了一句:"今天生病,实在写不出什么彩!"就把它交上去了。谁知,我的"偷懒"行为,饶怀中先生竟当着全班同学的面,严厉地批评,让我极度难堪。

从此,对于日记作业,我小心而为之,不敢做半点偷工减料的事。尽管我努力地写呀写,可收效并不明显,饶怀中先生

幸运草自己种

大都给我判"中"或"良",极少有"优"。尽管如此,我还是得到了他极大的赏识。

在一次作文评讲课上,饶怀中先生许给我一个美好的未来:"班上,陈志宏的写作进步很快,长大后,肯定会成为作家!"这句话给我的动力不亚于发射"神五"的推进剂。在饶怀中先生的鼓励之下,我写得更欢了,甚至写了一部一万多字的科幻小说。

初二上学期,学校举行全校作文大赛,饶怀中先生对我极为看好,指定我参加校级比赛。在班上,则举行了一场严格的预选赛,评出一二名,陪我一同参加全校决赛。结果是戏剧性的,同班两名陪赛的同学分获大赛一二名,而我却一无所获。升得高,跌得重,饶怀中先生一番好意,却把我推入极为尴尬的境地。对于写作,我彻底灰心了。

我把自己的灰暗心情写入日记,交给饶怀中先生判改。他在我本子上写了一个大大的"优"字,又在旁边留下一行小字:"没有人会笑你,请别灰心。"不久,饶怀中先生约我单独谈话,对我说:"一时失利并不能掩盖你在写作上的才华,这件事只有你自己太在意,因为对你打击太大,但是只要你不笑话自己,就没有人会笑你!同学也许会说这说那,都是暂时的,一切都会过去。"

从饶怀中先生的宿舍出来,我明白了没有人会长时间地笑我,只要自己别太在意,什么乌云都会有飞远的那一刻。

多少年过去了,25岁的我成为南昌市作家协会会员;28岁,成功加入江西省作家协会,好歹也混成一个靠卖文度日的所谓作家。多年没见到饶怀中先生了,对他一直难以忘怀,那句"没有人会笑你"在我孤立无助的时候,总会给我力量和信心。

智慧和财富不会在远处,而是隐藏在你我身边,隐藏在那些司空见惯的事物之中。

拨动气泡的手

60多年前,美国著名的物理学家格拉泽正被一项科研搞得焦头烂额,像一只被困的小兔,东奔西突,找不着出口。格拉泽在原子物理研究中,遥遥地看见胜利果实,却不知如何去采摘,因为横在他面前的是条无桥无渡船的宽宽的河。

这天,一位朋友邀他去酒吧喝酒,格拉泽心事重重地和朋友在靠窗的位置坐下,心里还在惦念着他的研究。

他和朋友各开了一瓶啤酒,朋友的酒都喝光了,他还在看着酒瓶发愣。格拉泽不是看别的,而是盯着一串串不断往上冒的气泡。气泡渐渐消失了,格拉泽在心里问自己:"难道就不再冒泡了吗?"

格拉泽招手叫来服务员,要了一把细沙。他将一粒沙子扔进啤酒瓶,只见沙子下沉的时候,周围又开始不断冒泡泡,然后,又消失了。他又扔下一小撮沙子,沉静的啤酒突然像沸腾似的产生了大量的气泡。

幸运草自己种

朋友冲他一笑,说道:"哟,你在做什么有趣的游戏,欢不欢迎我加入?"

格拉泽说:"这个游戏很好玩,不是吗?"

沙子下沉致使啤酒不断产生气泡的瓶中奇观,让格拉泽迸出了灵感的火花。他像找到了河上的渡桥一般,高兴得手舞足蹈。

回到实验室,格拉泽把酒吧里的发现运用到带电粒子射进液态氢的研究中,进而发明了气泡室。他的原子物理研究如虎添翼,跨越大河,直奔成功的彼岸。

8年之后,格拉泽荣获了1960年度诺贝尔物理学奖。

无独有偶。我的表弟高考落榜之后,回到农村,大力发展养殖业。他和几十家农户一起引进蚯蚓养殖,产品直接供应给省城一家生物制品公司。

表弟他们在养蚯蚓的过程中,发现一个非常棘手的问题——大量蚯蚓离奇地僵死在养殖场里。他们个个不知所措。这天,表弟在池塘里洗澡,一脚踩在软泥里,从脚缝里汩汩地冒出一串串板栗般大小的气泡。他突然想起蚯蚓场里也会不断地冒这样的泡泡。那一刻,表弟突然悟到了什么,兴奋地在泥塘里乱踩,不断往上冒的气泡围在他身边像一朵朵盛开的睡莲。

后来,表弟采集泥塘的气泡,投放到蚯蚓场里,问题迎刃而解。继而,他根据气泡的成分制造同样的气泡,全都释放在蚯蚓堆里。那一年,表弟的养殖业大获全胜,其他人则选择了改行。如今他已成为享誉一方的养殖大户。

啤酒和泥塘的气泡是司空见惯的东西,谁都不承想,轻轻地拨动这些气泡还能得到意外的收获。那一双手,轻轻拨动气泡就拨动了智慧转盘，推开了财富大门。智慧和财富不会在远处，而是隐藏在你我身边，隐藏在那些司空见惯的事物之中。绝大部分人对那些习以为常的事物不闻不问，只有少部分灵性飞扬、敏感多思的人才会驻足探问，进而获取了智慧和财富。这正是拥有智慧和财富的人占极少数的原因之一。

人生道路上并不缺乏智慧和财富，缺少的正是拨动"气泡"的那双手。

幸运草自己种

一个人若要在某一方面有所建树,把自己变成一名成功者,就必须具备一种精神,一种永不言弃、永不放弃的精神。

成功的反面是什么

与朋友吴志强相识以前一直属于神交,只闻其大名读其妙文而从未曾谋面。那个时候,他常有哲理小品、爱情短章在晚报副刊版占上豆腐块似的一角。他朴实的文风、平易的语言,文章中那生活味极浓的故事,妙趣横生的哲理,使他在本地写手当中独树一帜,声名鹊起。

仅仅是短短的一二年的时间,吴志强似乎横空出世,一篇篇妙文华章迅速在全国各地报刊铺开,一如他老家门前摊晒的稻谷,颗颗粒粒都是金色的收获。

一认识他,我就对他说:"你真行!没有你攻不下的堡垒,没有你发不了的报刊。"

吴志强羞涩地一笑,说:"全国刊物几千种,我还只是占到冰山一角。写文章太辛苦了,又挣不到什么钱,发一篇文章,还不如我卖条牛仔裤呢。"

我说:"你做生意只是赢得钱,写文章就不同了,可以让你有成就感，体会到成功的滋味。"

他苦笑一声，说："成功？你去书店看看，人家大作家书一本一本地出，刘燕敏、张丽钧、叶倾城等一些人的文章遍地开花，那才真正地叫成功呢！我算不上，还差一大截儿。"

在我看来，吴志强的文章无论是数量还是质量，都迈进了成功的行列。可是，他硬是不承认这一点。有道是：失败是成功之母。他没有成功，难道失败了吗？成功的反面就是失败吗？我越想越糊涂。

我问吴志强："你说成功的反面是什么？"

他和我想的一样，脱口而出："失败。"

我又问："你说你没到成功这一步，那你失败了吗？"

吴志强无声地笑了，说："也不能这么讲。"

在这个问题上，我俩都是山重水复疑无路，犯傻了。

这次聚谈后，吴志强和妻子一道去了广州，一心一意卖牛仔裤。他走后不久，我应朋友之邀，采访了一位成功的寿险推销商。他叫钟海根，是一家保险公司的部门经理。

钟先生说："我给自己定了一个人生信条：没有失败，只有放弃。"

就这么简单的一句，如电光火石一般在我的记忆里烙下深深的印痕，悬在我脑际的谜团，不经意间被吹散了。

钟先生给我讲了他白手起家的经历。在最初的一个月里，他向200多人推销保险，均遭失败，但他没有放弃，而是不畏艰难，不怕辛苦，四处奔走，不厌其烦地跟客户解释。直至月尾，他才接到一张300元的保单，当时他兴奋得彻夜难眠。在此后的推销岁月里，他饱受东奔西走之累，备尝挫折失败之苦，

幸运草自己种

但依然是锲而不舍,永不放弃。在他的人生账簿上,没有失败,只有放弃,放弃了,那就永远追不到成功的脚步。

　　一个人若要在某一方面有所建树,把自己变成一名成功者,就必须具备一种精神,一种永不言弃、永不放弃的精神。放弃自己的追求,放弃自己的理想,那只有与失败为伍,永远也找不到一条通往成功的坦途。

　　前不久,我接到吴志强从广州打来的电话。

　　我问:"你在那边,还写文章吗?"

　　他说:"上个礼拜,生意清淡一些,我又弄出来20多篇。"

　　我告诉他:"没有放弃就行。我来告诉你,成功的反面是放弃。"

贫富就像水车里的竹桶,有时空,有时满,空空满满是变化的。谁都不能保证空到头、满到底。

母亲的钱财观

在乡下,母亲是"苦水"里泡过的人,经历过买不起盐的穷苦日子。她最奢侈的生活,就是1986年家里建新房的那段时间,过了一把花钱如流水的瘾。母亲不会妒忌那些有钱的人,也不羡慕过富裕的生活,对自己的穷困从不心焦。她嘴边常挂着这么一句话:穷日子穷过,富日子富过。

我一直认为母亲是在消极避世,不思进取,不知道通过努力奋斗去改变自己的命运。我参加工作后,才发现自己对母亲的看法错得一塌糊涂。母亲有一套属于自己的完整而朴素的钱财观,正像故乡泥地里的野草一样,模样拙朴,但生命力顽强,秋后一片衰朽,春来绿漫田野。

刚参加工作的时候,我的收入不到200元,生活非常拮据,逛一回书店,一个月的吃用就无着落了。生活太苦,我想方设法去赚点钱,激情澎湃。晚上,我在一家宾馆做兼职服务员;双休日,我到广场卖风筝、卖报纸……然而,那只是三天的新

幸运草自己种

鲜，见收效甚微，劲头就没了，索性什么也不干。我恢复了原来的生活，每天从办公室到宿舍，从宿舍到办公室，追逐大流，庸庸碌碌地过。

夜里，常常会做一些稀奇古怪的梦，梦见自己在街上捡到一个又一个金币银币，塞进口袋里，沉得走都走不动，醒来才知是南柯一梦。这样的梦做了很多遍，有时是金砖，有时是百万支票，有时是成捆的现金。我把这些梦境当作笑料，说给母亲听，她只说了一句："穷人莫思宝，思宝穷到老。"

我兀自警醒，是啊，穷时日日在梦里想发财，一辈子都将过穷日子。不思进取，不努力奋斗，不顽强拼搏，财宝不会自动找上门来。穷时瞎羡慕是不管用的，得拿出点实际行动来。从那以后，我跑步奔向"钱途"，用自己的劳动去挣钱。除了正常上课，我还担任一家报社的特稿记者；晚上，辅导两个初中生写作文。另外，每天强迫自己写一篇文章，投稿挣稿费……人成了一个飞速旋转的陀螺，不停地转呀转。

母亲得知我处在这样一种状态，特意从乡下赶来省城，劝了我几天几夜。我非常不满，冲着她大发脾气："我不这样赚钱怎么行？要买房，要结婚，都得拿钱往里填啊，你又不会拿钱给我用！那只有靠我自己挣了！"母亲噙着泪，用哭腔说："水是流不尽的，钱是挣不完的。"我压根不把母亲的话放在心里，继续像拼命三郎那样疯狂地挣钱。

半年之后，我被一场突如其来的腰痛击倒了，住进了医院，一切挣钱行动被迫中止。躺在病床上，望着白色的天花板，我头脑一片空白。这时，我才明白母亲那句话的真正含义：世上的钱是挣不完的，挣钱一定要有一个度，否则，肯定会栽跟斗的。趁着自己年轻，拿命去换钱，这一舍本求末的做法，是一种短视行为。等到拿钱来买自己的健康，才发现那样挣钱是极不明智的。

当我手里攒到几个钱之后，花钱成了一大痛苦。千辛万苦挣来的钱，每一分每一角，我都知道它来之不易，怎么忍心乱花一通？还是存在银行里吧，放心。我依然像过去那样省吃俭用，一分钱花出二分钱的意义来。

母亲与我的看法截然不同，她一再劝我："世上挣钱世上用。存钱不是一个好办法，得考虑把钱花出去。"花自己的钱太心疼了，我墨守成规，能不花尽量不花。现实很快给了我当头一棒：由于房阶飞涨，银行存款原本可以买到 50 平方米左右的二居室，现在只能买到 10 平方米多一点。我体会到了比花钱更心疼的感觉了，导致这一结果的原因，正是没有认真听取母亲的劝告。

回到乡下，我把满肚子的后悔讲给母亲听，她没有半点责怪我的意思，反而安慰我："古话说，穷莫愁，富莫夸，谁见贫长富久家？贫富就像水车里的竹桶，有时空，有时满，空空满满是变化的。谁都不能保证空到头、满到底。"

我曾在江西财经大学学了四年的专业理财，汗牛充栋的理论学过之后，很难在现实中运用自如，而且，遗憾的是大部分的原理已随着时间的逝去而渐渐淡忘。有时，我觉得大学四年学的理财知识，真不如母亲简短的几句话晓畅、实用。母亲那散发着乡野气息的朴素的理财观，注定会影响我的一生。

幸运草自己种

马行千里不怕慢,就怕停。慢马总有到达目的地的时候,骏马一朝歇足,终点永远是遥不可及的神话。

马不怕慢

暑假回到家里,与母亲一道下田割稻。母亲年逾半百,鬓发斑白,眼睛深陷,皱纹层叠,明显力不能久支。天很热,弯腰割稻又颇为累人,我难以适应。过不了多久,我就要直起腰,透透风,歇歇气。平心而论,母亲的割稻速度远不及我,但我还是被远远地抛在后面。

我疑惑不解地问:"妈,你怎么老超过我呢?我比你割得快呀。"

母亲说:"割稻不怕慢,就怕站。拉纤绳莫弯,割稻腰莫直。你算算割这点稻你弯了几次腰,停了几多时?你这一歇一停,我不就赶上了。"

这让我想起我在上高中前父亲送给我的一幅题为《挑山工》的漫画,那画是父亲依他所讲的同题课文而作的。一座高山,一位挑山工,二三个游客,三四片浮云,揭示出一个浅显的道理:行不怕慢,只忌站。挑山工负重上山,步履沉重,步伐缓慢。游客轻装登山，脚下生风，轻松自如，但一到景点就驻足观赏，恋恋不舍。游客每每不经意间超过挑山工时，心里便存疑问：他怎么总出现在前面？及至山顶，发现挑山工已坐在一块石头上休息。

一个人止步不前，必有许许多多的人从他身边走过，走向远方，走向成功。"沉舟侧畔千帆过，病树前头万木春。"当你的朋友苦心研修电脑时，你在门外嘀咕："派得上用场吗？"你在等待，这一等就等出千年的距离。当人们用智慧和汗水开创明天时，你尚且躲在安乐窝里"今朝有酒今朝醉"，那世界便与你有万里之遥。

千里马千里之行，不在乎瞬间的疾驰如飞，就怕中途停下。畏惧路遥，卧槽不起。马行千里不怕慢，就怕停。慢马总有到达目的地的时候，骏马一朝歇足，终点永远是遥不可及的神话。

人不怕行动上的失败，不怕成功前的缓慢，只怕倒在失败里爬不起来，或者躲在成功中走不出来。

第二辑 美丽不问出处

爱美是人的天性,什么时候,人的这一天性渗进了水分呢?当美丽的人出现在面前,人们把爱美的天性束之高阁,倒是孜孜以求美的来历。是想摸清美的底细后去偷盗、去霸占吗?但诸如天上彩虹、庐山云雾之类的美丽,人们又怎能揽之于怀呢?

鲜花不是为某个人而开,太阳不是为哪颗心而耀,世上的美丽只存在于真正爱美的人心中。

美丽不问出处

元宵节的夜晚,与一个朋友在五楼露天晒台聊天。话酣时分,远处传来鞭炮的鸣响,紧接着,夜空中绽放了美丽的烟花。在这个有月的元宵节,远远近近的高楼在都市的霓虹中显露出淡淡的剪影,疏淡灰暗的楼影间,五颜六色的烟花仿佛天上落下的花雨,整个夜空欢腾起来,灵动起来。

我下意识地喊出了声:"你看,多漂亮的烟花!"朋友忽地站起来,惊问:"从哪里放出来的?是不是广场?"我顺着他的思路,半自语地说:"看样子是在体育馆,不过又好像是锦峰大酒店!"

朋友说:"不对,不对,怎么会在那两个地方,我看了今天的都市报,说是军区要放烟花,一定是在那放的!对了,我有个哥们在军区上班,最近提了个副团。"

这么争论着,烟花倏而不见,夜空归于黑漆漆的沉寂!晒台上,我和朋友兀自坐着,良久找不到话题。美丽远去,话也

幸运草自己种

没了，不知被什么东西搅和了。

遗憾啊，真是遗憾，当烟花用自己最绚丽的花朵装点元宵节的夜空，我和朋友执着地争论着美丽源于何处，把美丽本身生生给忘了。对于美丽，我忽然想到了一件并不久远的往事。

那是毕业后的一个初冬，我和同事乘船到鄱阳湖看候鸟。在归来的游艇上，我们和一位惊艳的美少妇不期而遇。她和几个人在打牌消磨寂寞的船上时光，两个小孩在旁边嬉戏。同事中，有人斗胆上前和美妇人攀谈，拐弯抹角地套出了她的工作单位。那人回到我们中间，一副欣喜若狂的样子。

同事们伸长脖子，轻声地问："她是哪儿的？"

那人骄傲无比，神气十足地吐出了几个字："公交公司！"

我在同事们的热闹之外，一个人寂寞地坐在船角，看美人姣好的面容，柔顺的黑发，以及从她发牌动作中透出的优雅高贵气质。她是船舱中的一大磁场，吸引住了无数双男人的眼睛。她是一大风景，让多少男乘客在寂寞中寻到慰藉。

从此，那个回程的船舱，那种闹哄哄的气氛，和那个美艳动人的少妇深深地烙进了我年少的记忆里。多少年后，当昔日的同事探讨美女的时候，总会感叹："那一年，我在从鄱阳湖回来的船舱里碰到一个美女，那才真叫漂亮，盖世无双！"有人反问他，那美女到底长得咋样，他就哑口无言。最后，他只好答非所问："她是公交公司的！"

爱美是人的天性，什么时候，人的这一天性渗进了水分呢？当美丽的事物、美丽的人出现在面前，人们把爱美的天性束之高阁，倒是孜孜以求美的来历。这又是何故呢？是想摸清美的底细后去偷盗、去霸占吗？但诸如天上彩虹、庐山云雾之类的美丽，人们又怎能揽之于怀呢？

岁月最是无情。年少之人，爱美就是爱美，不问出处，不分心走神，专注于美的内核。当童稚远去、岁月变老，那颗爱美之心也随之逝去，露出铮铮的功利之欲。一旦美丽出现，欲将之放置自己的口袋，携美而去。美会去吗？也许会。可它能去吗？鲜花不是为某个人而开，太阳不是为哪颗心而耀，世上的美丽只存在于真正爱美的人心中。

钱锺书说过这样一句话：如果你觉得鸡蛋好吃，为何要去追究它是哪只母鸡生的呢？这是颇为耐人寻味的！

幸运草自己种

这两尊石狮以无声的方式告诉你一个朴实的道理：执着和痴情就是创造奇迹的一斧一凿，有这两样东西在，世上就没有什么不可能的事。

不可能的可能

在新疆博格达山峰之麓，有一个叫"包家糟子"的小村，村里有一个叫吴庭德的老人，他是茫茫戈壁滩一个普通得再也不能普通的老人。他以放羊为生，和村里所有的老人一样，平平淡淡地步入人生的暮年。

吴庭德一大把年纪，生活本来就比较困难，如果说他会创造奇迹，村里人异口同声地回答："就他？不可能！"换了你一定也会如此斩钉截铁地说。是啊，这么大年纪的老人，大半辈子都这么平凡过来了，怎么可能创造奇迹呢？

1993年的一天，吴庭德老人赶羊到村子南边百米远的地方，看见一群陌生人在竖一块木牌。陌生人开着汽车走了，老人上前一看，只见上面写着"亚洲大陆地理中心"8个大字。他微微一笑，陷入了沉思。他想，既然是中心，那一定不简单啊！那一刻，他做出了一个不简单的决定：每天守护这个中心牌。

白天放羊的时候，吴庭德就守在木牌周围，看着它不受牲畜破坏。下雨怕它淋着，晚上怕它冻着，他就不辞辛劳，每天趁着夕阳西下，把木牌背回家。第二天一大早，他又搬回去，端端正正地把它插好。家里人笑他太傻，国家又不给一分钱，凭什么看宝贝一样看着它。村里人笑他太痴，一块木牌值得那么神经兮兮吗？吴庭德把那些冷言冷语当作耳边风，执着地守望木牌。

亚洲大陆地理中心设立之后，许多游客从世界各地赶来。尽管只是一块孤零零的木牌，他们也看得十分高兴，毕竟与亚洲大陆地理中心零距离了一番。游客们参观"亚心"，免不了和吴庭德老人聊上几句。茫茫戈壁，在这亚洲中心的位置，吴庭德成了唯一的活风景。为了让游客沾上地心的气息，吴庭德想了一个办法，每天砸一个小石头，把小石头砸成动物的模样，然后再砸出"亚洲中心"4个字。他把这些个"亚心"石低价出售给来参观的游客。老人砸出的"亚心"石简单得近乎石器时代的遗物，但卖得很火。

4年过去了，老人靠"亚心"石赚了一笔钱。就在这一年，国家投资150万元，做了一座高达14米的亚洲大陆地理中心塔，4个A（"亚洲"英文单词的第一个字母）形柱子合在一起，直刺云霄，中间垂一个巨型圆锥，直指亚洲地心。慕名前来参观的游客骤然增多，家人期待吴庭德多砸出一些"亚心"石来卖，肯定能赚大钱。

然而，吴庭德老人不但没有上交石钱给家里，反而把家中40只羊全卖了，所得的钱买了4块雕石狮的石料。从此以后，老人每天在"亚心"塔旁，一斧一凿地雕刻石狮。2年过去了，他雕出了一雄一雌两座栩栩如生的石狮。他对游客说:"我怕'亚心'塔太孤单了,就雕了这两个石狮,一个代表成吉思汗,一个代表文成公主……"

值得一提的是,吴庭德老人压根没学过雕刻!

远方有一位游客得知吴庭德老人创下如此人间奇迹,特意为他塑一尊铜像,表达了对他最崇高的敬意!

如果你有机会去"亚心"塔参观,你一定会被吴庭德老人的石雕技艺吸引住的。这两尊石狮以无声的方式告诉你一个朴实的道理:执着和痴情就是创造奇迹的一斧一凿,有这两样东西在,世上就没有什么不可能的事。

锁锁锁，是在对人的信任消失之后，重新建立起来的对他人新的信任。不管是谁，只要为邻，就应全身心地相信他，携手共筑安全长城，同唱友谊之歌！

同心锁

自从自行车流行链式锁之后，繁华闹市的绿化树、路灯杆、路牌杆、交通护栏等等有杆的东西，都成了人们锁自行车的对象。放眼望去，车与杆亲密接触，不伦不类，但成气候。每次上街，和大多数人一样，我也喜欢把自行车锁在树上、杆上，免得窃车贼把我的自行车盗走了。

那天，我骑自行车去百货大楼购物，由于所有的街边杆都被人锁了自行车，我只好望"杆"兴叹了。自行车没锁在杆上，心里很不踏实，购物时老是提心吊胆，生怕自行车被人偷了。虽说它不值几个钱，可出门就少不了，被偷了总归是不舒服的。

采购完后，从百货大楼出来一看，还好，自行车还在，一颗悬心落地。开锁的时候，我发现一个有趣的现象，停放在我自行车旁边的一辆自行车在锁了车轴的同时，还锁住了我的车锁，锁与锁像恋人的手一样温柔地勾着。我明白过来了，那位

幸运草自己种

车主在找不到杆后,就把我的锁当作"杆",锁与锁相锁!车贼想偷我们中间的任何一辆都会带走另外一辆,进而暴露目标,而我们却毫不麻烦,开锁就可以走人!

锁锁锁,是在对人的信任消失之后,重新建立起来的对他人新的信任。不管是谁,只要为邻,就全身心地相信他,携手共筑安全长城,同唱友谊之歌!这是陌生人之间传递的一种力量,一种在不安中的相互关爱。

开锁的时候,想一想,那位仁兄其实蛮可爱的,颇有生存智慧和优质情商。

锁与锁相连,心与心相牵,都给人一种温暖和关怀。

在我们成长的路上，都会遇到自己的小凳子，它是心灵的拐杖，是前进的扶梯，搬开小凳子后，我们便成功地迈进人生的新境界——成熟了。

搬开小凳子

云南省杂技团有一个独创性的保留节目，名叫浪桥飞人。演员们在起伏的浪桥上积蓄势能，然后由浪桥荡出，在高达9米、长11米的空中做出一系列高空动作，最后落在半空中的柳叶上。这是一种高难度、危险系数极大的杂技，每个表演这一杂技的演员都将面临巨大的心理压力。

当然，压力最大的要数刚接受训练的小演员们。

为了表演浪桥飞人，杂技团从训练六七岁的小孩开始，要花上十几年的时间。小孩面对最初的前后空翻训练，紧张得要命，缓释小演员的心理压力成了教练一个头疼的问题。解决这一问题，靠的是一张小凳子。

一个小男孩在训练之前，都要坐在自己的小凳子上仔细想好即将要做的动作，然后轻松上阵。如果把他的小凳子藏起来，那他就不敢参加训练；强迫上场，训练效果肯定不好。这一方

幸运草自己种

法推广之后，效果很好，小演员们的心理压力减去不少。

进入实战训练之后，小演员们都长大了，心理承受能力增强，一个个悄悄地搬开了自己的小凳子。

记得小时候，每到一个陌生的地方都怕得不行，我就紧挨着父亲的腿，攥住父亲的手一点都不敢放松。父亲教导我："别怕，放手去玩吧！"我就是不敢，双眼警惕地打量着陌生的世界。我成了父亲的"尾巴"，他走到哪里，我跟到哪里。

长大了，才放开了父亲的手，迈开步子往前走，身后留下一串歪歪扭扭的青春足迹。

在我们成长的路上，都会遇到自己的小凳子，它是心灵的拐杖，是前进的扶梯，搬开小凳子后，我们便成功地迈进人生的新境界——成熟了。

其实，人的一生就是一个不断地寻找自己的小凳子，然后搬开自己的小凳子的过程。在遇到困难和阻力的时候，在精神压抑的时候，我们就努力地去寻找小凳子，然后想办法战胜眼前的困难。当自己把小凳子搬开之后，前路便成了坦途。然后，又碰到新难题，寻找新的小凳子，开始新的轮回。

你搬开了自己的小凳子了吗？

做人与处世是有底线的,坚守底线是每一个人应尽的职责、应有的情怀。有人坦然踏破底线,他只活出形式主义的虚空;有人则誓死保持底线,他活出了真我风采和神妙气韵。

大音之美

钱学森是中国为数不多的享誉世界的科学大师之一,深受中国人民的崇敬,也备受世界各国科学与民主人士的爱戴。

20世纪70年代末,美国一些著名的科学家和华裔科学家不断地向钱学森发出邀请,请他去美国做访问学者,并准备给他授予"科学院院士"和"工程院院士"的荣誉称号。1985年,美国总统科学顾问基沃思访华,把美方的意思表达得更清楚。基沃思在和国家科委原主任宋健会晤时,专门谈到钱学森访美一事。他说:"钱学森在美工作过20年,对美国的科学技术进步,特别是军事科学的发展,曾做出了很大贡献。我研究过联邦调查局的历史档案,十分清楚,麦卡锡黑暗时期的美国是欠钱学森的债的。我们政府对钱学森横加迫害,是没有道理的。现在,美方愿邀请钱学森来访,并由政府和有关学术机构表彰他对科学的重要贡献。如钱学森不能成行,美方可派美国

幸运草自己种

科学院院长普雷斯来华,授予他'国家勋章',表彰他的贡献。"

应该说,美方对待钱学森的规格是挺高的,态度也还诚恳,至少表面文章已做得很足。但是,钱学森明确表示不去,不接受美方的所谓荣誉。胡耀邦同志得知这个信息,很是心急,在一次会议期间,特意找了钱学森谈话。他说:"钱老,你在国际上影响很大,一些国家邀请你,我建议你还是接受邀请,出去走走。你出去和别人出去不一样,对推动中外科技交流有很大好处。这也是今天改革开放的需要啊!几十年前的事,过去了就算了,不必老记在心上。"钱学森回答道:"当年我回国的事情很复杂,在目前情况下,我不宜出访美国。"

之后,他向外界公开表示:"这是美国耍滑头,我不会上当的。当年我离开美国是被驱逐出境的,按美国的法律规定,我是不能再去美国的。美国政府如果不公开给我平反,我今生今世决不再踏上美国国土。"

后来,钱学森在一个座谈会上动情地说:"如果中国人民说我钱学森为国家、为民族做了点事情,那就是对我最高的奖赏。我不稀罕那些外国荣誉头衔!"句句掷地有声,声声铁骨铮铮,犹如傲雪的青松。

做人与处世是有底线的,坚守底线是每一个人应尽的职责、应有的情怀。有人坦然踏破底线,他只活出形式主义的虚空;有人则誓死保持底线,他活出了真我风采和神妙气韵。钱学森以自尊的方式看待美方的名诱利惑,坚持自己的原则,显示了一个科学家恢宏的气魄和坦荡的胸怀。视民族的荣誉为最高荣誉,视祖国利益为最高利益,这便是钱氏法则,更是我们心灵的楷模。

在科学领域，钱学森以自己的智慧，托起一座科学大山；在处世之规上，钱学森以自己的方式，喊出一种惊世的大音。大音无形，一声声皆溶入科学家的血脉之中；大音无象，一点点化作科学家不朽的精神丰碑。

钱学森的大音，雄哉，壮哉，美哉！

幸运草自己种

每一场战争的爆发，都有千万个理由，然而，每一个母亲为儿女送白鸽，只有一个理由，那就是爱。

母亲送鸽

美伊关系紧张那会，我正酝酿着自参加工作以来的第一次搬家。单身宿舍的苦乐，我早已受够了，改善居住环境成了迫在眉睫的事。于是，我在西郊一个老宿舍区，租下了一套二居室的房子。

自从离开母亲来城里工作，我就觉得欠母亲太多，她一大把年纪，一个人在乡下生活，多不容易啊。房子租下后，我赶紧打电话给母亲，报告了这一消息，并答应等搬好了就接她过来，和我一块儿住。

电话那头，母亲在婉拒。她说："还是等你处了对象吧！我来了，又不能做什么事，只会给你添麻烦。等有孙子了，我就过来带孙子。"任我怎么劝，母亲硬是不愿来。这样的结果，虽在意料之中，但我还是吃了一惊。我想，天底下再也找不到这么无私的爱了。

没过几天，美国向伊拉克发动军事打击，战争爆发了！我和同事们一起，利用电视台的工作之便，一边干活，一边收看中央电视台国际频道的节目，密切关注伊拉克战争。

不久，美国地面部队进入伊拉克境内，这场战争掀起了新一轮高潮。我坐在电视机前，心中一颤：这仗越打越大了！同事纷纷发表看法，办公室里气氛十分活跃。这时，我接到一楼传达室打来的电话。门卫说："是陈志宏吗？我这儿有个乡下妇女提着一只鸽子，说是要找你！"放下电话，我怎么也想不通，哪个乡下妇女会来找我？最近没去乡下采访过啊。

到楼下，我看见又惊又喜的母亲，手里提着一只小小的鸽笼，笼里关着一只我们乡下很少看到的白鸽。在我们那儿，养鸽户都饲养灰鸽，白鸽非常稀罕。

母亲说："听村里人说打仗了，我就赶过来了，还是跟妈回去吧，乡下更安全。"

我差点没笑出声来，对母亲说："我们这儿没打仗呀！"

母亲严肃地说："没打仗，你这门口站着当兵的干什么？还拿着枪。"

看来，我得费一番工夫，仔细解释一番了。我说："妈，电视台（卫视）属重要部门，所以就设有武警站岗，不过，这和打仗没任何关系。打仗是外国人的事，离我们这儿远着呢，差十万八千里。"

母亲松了一口气，说："没打仗就好，不过这只鸽子你还是留着吧！我听前村的后生说，打起仗来这种白色的鸽子会保护人的。为了买这只白鸽，我找了好多人，走了好多地方。"

这一回，我无论如何也笑不出声来。

当时，美伊战争还在继续，我不知道，如果布什和萨达姆

幸运草自己种

知道一个中国乡下妇女不畏来路迢迢,风雨兼程,只为给儿子送一只白鸽的故事后,会有什么反应?也许,世界上每一个母亲心中都有一只白鸽,一旦打起仗来,就会不远万里送给自己的儿女。每一场战争的爆发,都有千万个理由,然而,每一个母亲为儿女送白鸽,只有一个理由,那就是爱。

在带母亲回新家的路上,我打开鸽笼,放飞了那只漂亮的白鸽,同时放飞的,还有一个普通的中国农村妇女祈祷世界和平的心愿。

感谢是一种素朴的、源于内心的感情，像一股源于心田的清泉。它像润滑剂，把人与人之间的摩擦减至最小，使得心与心之间交融更为顺畅。

你该感谢谁

前不久，我一篇纪实文章被别人"对号入座"了，他们一家人怒气冲冲地找到发表该文的报社，强烈要求"交出那个姓陈的作者"，"看我们不把他修圆了！"为了安全起见，报社把我给严格保护起来，但我还是能感受到那怒潮中阴森森的杀气。那些天，我慌乱、迷茫，整日处在恐惧当中。

我不知道这样的日子什么时候是个头，直到与《读者》进行了一番亲密接触。也许是太过于洋化（转载了大量外国译文）之故吧，我对《读者》一直就是敬而远之。那一次，《读者》杂志社给我寄来了一本样刊，原来，我的一篇短文在"卷首语"中转发了。我随手翻翻，结果沉迷其中，居然连国外的译文也不放过。后来，我又弄来大量的旧《读者》，伴我度过那段恐惧岁月。为此，我写了一篇短文《宁静的使者》，以感谢《读者》在那段岁月给我带来宁静的感觉。

幸运草自己种

那一刻,我依稀觉得自己已经很长时间没有去感谢谁了。

感谢是一种素朴的、源于内心的感情,像一股源于心田的清泉。它像润滑剂,把人与人之间的摩擦减至最小,使得心与心之间交融更为顺畅。感谢表达出了一个人在受惠之时最真诚的心愿,让闻者感到舒心快意。

矫揉造作的感谢是对感谢本身的反讽。记得有一次听报告,报告人开门见山如潮水般地来了一番感谢:感谢某某的关心,感谢某某的支持,感谢某某的指导,感谢某某的帮助……他是真的感谢吗?(也许,就在感谢之时,他还对被感谢人恨之入骨呢!)他为什么要感谢呢?这个问题可就复杂多了。当然,很多时候,我们都像那个报告人一样,在不知道要感谢谁的情况下,胡乱感谢一气,从而完成了对"感谢"最绝妙的讽刺。

我们到底该感谢谁,这本不该成为疑问的疑问,此时,真的需要我们静下心来思索一番,因为,要感谢一个人是容易的,如何表达心中的感谢却不如反掌那般轻松。

一声陌生的祝福，如天籁之音，拆卸了人与人之间的钢网，缩短了心与心之间的距离，从此，人与人回归到自然的纯朴的温馨的状态。

陌生的祝福

2月28日，我的结婚喜宴在一家酒店举行。开席之前，我和妻子站在酒店门口迎候来喝喜酒的亲朋好友。来宾给我们递上红包，然后祝福我们。短短时间，我和妻子把一生要听的"早生贵子"之类的祝词全听完了，那种甜蜜感、幸福感真让人着迷。

酒店很大，来喝喜酒的人只占其中的一部分，多数人是来用餐的。来酒店就餐的食客，大都冷脸从我们身边走过，当然这是再正常不过的事了。偏偏有位先生，给我和妻子留下了难忘的印象。他在经过我们这对披红挂绿的新人时，笑着对我们说："我也祝福你们幸福美满！"看惯冷脸陌生人从身边来来去去，我对这位先生的祝福感到有点措手不及。还是妻子反应快，赶紧回答："谢谢你！谢谢！"

我掏出一支烟递过去，陌生的先生接了，半自语道："接了

幸运草自己种

你这根喜烟,今天我就会走好运啊!"

婚后,我和妻子总会有事没事地把结婚录像拿出来放一放,每当看到这位陌生人用微笑送出的陌生祝福的时候,我的心底就会涌起一股暖意,很长时间都不会消退。陌生人的祝福是如此长久、如此有力地打动了我们的心,它是雪地里的火炭、伏天里的冰水,慰藉的是心田。

在收获了陌生的祝福的时候,我同时收获了意外的惊喜和罕见的温情,像是受到感染似的,向他人送去我的陌生祝福,渐渐成了我的一种自觉。去酒店喝酒,我也会对在迎候亲友的新人们说:"祝你们幸福美满!"在路上,我会对遇到困难的行人说:"我能帮你什么吗?"尽管我会看到人家惊疑的目光,但最终我还是能看到陌生的微笑。也许,我在送出一个陌生的祝福之后,正如送给我陌生祝福的那位陌生人所说"我今天就会走好运"呢。

在人与人之间被防盗钢网阻隔的今天,在心与心之间充斥着敌意和防范的现在,一声陌生的祝福,如天籁之音,拆卸了人与人之间的钢网,缩短了心与心之间的距离,从此,人与人回归到自然的纯朴的温馨的状态。

你还吝啬祝福吗?你还吝啬微笑吗?想想自己也能与好运握手,为什么不向陌生人祝福,投洒那一分真诚和温暖呢?

为人莫思宝，思宝穷到老。堂堂正正地做人，老老实实地做事，踏踏实实地赚钱，才是正理。

思宝穷到老

隆美尔将军骁勇善战，举世闻名，北非鏖战数月，捷报频传，被人称为"沙漠之狐"。然而，他效忠于希特勒，注定要以失败而告终。兵败之际，他发现后援匮乏，难以为继，便命部下把从阿拉伯人搜掠而来的一批巨宝埋藏起来。这批巨宝分20辆军车装运，由隆美尔最贴心的心腹汉斯·奈德曼上校亲自押运。由于藏宝军人在返程途中被英军全部击毙，这批巨宝究竟身藏何处，便成了一个诱人的谜。

5年之后，一个名叫皮切尔·弗来格的德国小伙自称是原德国党卫队的潜水员，曾替4个军官在巴斯提亚市圣弗罗伦海湾的水底隐藏了一批他们偷出来的巨宝。法国政府获知此消息后，紧急成立了一个专门鉴定委员会，负责对弗来格进行调查。见政府对此事如此重视，把弗来格奉为送财仙子，法国莱恩伯格公司敏感地捕捉到这是一个大商机，自动要求承担这次探宝的任务，决计在这一行动中猛赚一笔。

幸运草自己种

专家们根据弗来格提供的草图,划定了一个搜索范围,10名职业潜水员日夜搜寻。数月后,探宝费用超过 100 万法郎,莱恩伯格公司竹篮打水一场空,连个财宝的影儿也没见着。由于过度透支,莱恩伯格公司破产关闭。弗来格看势头不妙,准备逃回德国,被法国警方逮住,判了两个月监禁。

此后,全世界思宝的人层出不穷,骗宝、搜宝等花样迭出,上演了一幕幕人间寻宝活剧。

这让我想到刚参加工作的时候,我曾一度"思宝"成癖,沉湎其中,乐此不疲。总以为在哪个沙滩,在哪处墙脚……会有金银财宝等着我。恋上财宝的光芒,人整天处于虚无的亢奋之中,变得不思进取,自傲自狂。宝光淡去,才知那是多么幼稚的一场梦。

我清醒之后,我的一个亲戚却沉迷其中。他曾与村里的一帮贩假古董的同伙在北京听信人家鼓吹民国巨宝,抛弃一切,去探寻"国民党高官"在美国花旗银行的巨额存单。记者揭露了这类巨宝是骗局之后,我拿报纸给他看,他不思悔改,仍然我行我素。几年后,他非常落魄,家里两个十几岁的小孩辍学在家,一天到晚也跟着他做着天上掉巨宝的发财梦。

中国有句古话:为人莫思宝,思宝穷到老。纵使你家财万贯,如实力雄厚的莱恩伯格公司,一旦恋宝成瘾,必将千金散尽不复来,空余悲叹成几何;要是你一文不名,一朝思宝成癖,贫穷将永远缠身,让你永世也不得翻身。堂堂正正地做人,老老实实地做事,踏踏实实地赚钱,这才是正理。

"冬天"里的"朋友",多么脆弱。保护它们,正是保护我们人类自己,保护我们共同的家园。

冬天莫砍树

一个8岁的小女孩父母离异,把她抛下不管,自顾自地到城里打工。可怜的女孩哭干了眼泪也没用,灰头土脸地流落四方。走了很远,女孩被一个好心的老婆婆收留,那时已是冬天。老婆婆年事已高,身边无儿无女,独自一人过日子。

从此,一老一小相依为命。

冬天没柴火,老婆婆领着女孩去山林拾枯枝。山林里的树光秃秃的,没有叶子,光光的枝干显得毫无生气。女孩背着柴筐,在一截树干前,挥刀向树干上瘦小的"枯枝"砍去。

老婆婆叫喊:"莫砍树,莫砍树,冬天莫砍树!"

她话没说完,"枯枝"应刀而落。

老婆婆说:"冬天的树落了叶子,看上去像是死的一样,其实还活着。树在冬天要睡觉,你一刀砍下去,说不定它就活不了。所以呀,冬天莫砍树,晓得吗?"

女孩不语,使劲点头。

幸运草自己种

老婆婆说:"既然你把树砍了,也就算了,以后记住就行!"

那截树干,是老婆婆春天请人嫁接好的柿子树。她早就想要一棵长甜柿子的树,可小女孩一刀结束了她的梦想。老婆婆并不气恼,因为,她知道女孩正处在"冬天",不能骂,更不能打。

这个故事有一股温暖人心的力量,于细微处深深地打动人。

"冬天莫砍树!"多么平凡的一句劝慰语!连孤苦伶仃的老婆婆都能把它说得字正腔圆,明白流畅。正是这一句,包含深远的哲学意义和博大的终极关怀。它体现了对生命的尊重,对自然的珍惜。

和人类共存了多少代的动物、植物们,走过和谐共处、繁荣昌盛的岁月,如今已走进它们的"冬天"。藏羚羊遭猎杀,丹顶鹤被捕食,镇守沙漠的发菜成了人类的盘中餐,呵护地球的森林成了人类的刀下鬼……一桩桩,一件件,触目惊心,让人寒心。地球上,许多朋友永远离人类而去,还有许多朋友正被人类逼上不归路。

"冬天"里的"朋友",多么脆弱。保护它们,正是保护我们人类自己,保护我们共同的家园。

善良的人们,请记住老婆婆的话吧——

冬天莫砍树!

儿子发现满屋子都是灰尘，唯有床前到窗前有一条干净的路，一尘不染。

凳子上的风景

这是一座古旧的住宅楼，墙面布满了爬山虎，台阶长满青苔藓。在东3楼住着一个80多岁的老太太，满头白发，步履蹒跚。她平时很少下楼，一天到晚待在家里，也很少有人来看她。她家里装饰得很气派，矮柜上放有一台大彩电，她从来不看，看不顺；矮柜里还放了一套高级音响，她从来不听，听不惯。她常常一个人坐在窗前，把拐杖放在身旁，边看外面边打瞌睡。

不知什么时候，楼下办了一所幼儿园，一群小孩活蹦乱跳的，可爱极了。老太太只闻其声，不见人影，实在着急。她非常想看到那些可爱的娃娃们，可无计可施，她只有盼着儿子来看她。儿子忙，十天半月才来一回，有时候实在脱不开身，一两个月才来一次。

儿子来了，老太太比画了半天，央求他买一个不高不低的凳子，正好能踩在上面看风景。儿子扔给老太太100元钱，用一句话敷衍她："下次我就买一个凳子过来！"再来的时候，儿

幸运草自己种

子除了带来一大把的钱,早把买凳子的事忘在了脑后。老太太急得不行,当着儿子的面大哭起来。她说:"我要钱有什么用?我要凳子——"儿子见状赶紧下楼,开车满大街找老太太要的那种小凳子。

见到凳子,老太太眉开眼笑,嘴里念叨:"这就好!这就好嘛!"儿子也没细问好什么,丢下几张百元大钞,走了。

老太太把凳子架在窗台边,撑着拐杖站了上去,看见满院的小孩子在做游戏,唱歌,追追打打,吵吵闹闹……老太太的脸上堆满了笑容,一双老手还情不自禁地在窗台上拍着。遥看孩子们,成了老太太生活的必修课。她希望自己能亲手摸一摸孩子们的脸,亲一亲他们的脸,这种想法越来越强烈,折磨得她心神不宁。

这一天,老太太实在忍不住,就想着怎么下楼去实现自己的愿望。她越想越兴奋,就挂着拐杖下了楼,绕了一个大大的圈,气喘吁吁地站到幼儿园门口。一位年轻的阿姨面带微笑地问她:"你是哪位小朋友的家长?"老太太摇摇头,说:"我只是看看。"女老师轻蔑地一笑,不耐烦地说:"看看?这有什么好看的?"

老太太愣了一会儿,恋恋不舍地离开了。

经过这么一折腾,老太太又累又气,学着幼儿园阿姨的口气说:"看看?这有什么好看的?"说着说着,她就乐了。然后,她又爬到凳子上看满院的小朋友。

每天,老太太都要站在凳子上看风景,她自己也成了小朋友眼里的一道风景。

不知什么原因,幼儿园要搬走了,老太太小跑下楼,来到园门口,她拦在搬家公司的车前,哀求幼儿园不要搬走。园长解释说:"小朋友太吵了,影响你们生活,我们搬走了你们就安静了。"老太太说:"不影响,不要走啊!"老太太劝说不动,就掏出一大沓钱,让他们不要走。

然而,幼儿园还是搬走了,几十张百元大钞撒了一地。

老太太每天照例站在凳子上看风景,只见院子里空荡荡的,跷跷板等玩具毫无生气地立在那里,一只麻雀停在秋千上,不停地叫唤。老太太脸上没有笑容,只是缓缓地看着窗外,目光呆滞无神。

儿子来看老太太,老太太的门却紧闭着,一丝动静也没有。他用备用钥匙打开了门,看见老太太站在凳子上,趴在窗台看屋外的风景,拐杖倒在地上。看样子,她已站了很久。他大声叫喊,却不见反应。

老太太死了。

儿子发现满屋子都是灰尘,唯有床前到窗前有一条干净的路,一尘不染。

幸运草自己种

在清淡的人世里,在平淡的生活中,与幸运握手,保持生命的原色,你就幸福了,其他的都无足轻重,不足挂齿。

活着是一种幸福

夜里,我骑单车赶回家,途经南京西路,一辆摩托车风驰电掣般从一家医院那头驶来,险些与我撞个正着。所幸的是摩托车从我的左侧轻插过去,车车相挨,未伤皮毛。我本能地跳下车,未及开口骂一句,它已在我的身后撞翻一位老人。借着泛黄的路灯光,我看见老人无声地倒下,瘫在深秋冰凉的大街上,一动不动。老人没发出一丝呻吟,痛至极处往往无声。摩托车主像没事似的,驾云而来,乘风而去,红色的尾灯消失在茫茫的夜色之中。

老人周围立即围上一圈过路人,有人拿手机拨 110 报警,打 120 求助,有人默默地记下摩托车的车牌号码。不到 10 分钟,警笛长鸣,巡警和医生火速赶到。老人被抬上救护车的时候,已不怎么动弹,救护人员对他喊话,他也没有反应。此刻,老人生死未卜,生命如风中的残烛。

我从老人身边路过的时候,他还是一个行走自如、精神十足的人，几秒钟后，便转入另一番境地，这是他无论如何也料想不到的。生命是如此脆弱，一次小小的意外就让它承受不了。如果摩托车早一些失误，我的生命也就如悬丝一般，在这个秋日里风雨飘摇了。相比之下，我是多么幸福啊，避开风浪，与幸运握手；留得青山，与幸福为伍。

面对残酷的灾难，再强大的生命也难逃被迫终止的厄运，这是铁的规律。生，实在是一件不容易的事，自然的风吹草动，人间的自相残杀，无不加快了由生到死的速度，缩短了人间天堂的距离。生的不易，是否让人感到活的可贵、感到人间的美好？普天之下，芸芸众生，有多少人在红尘路上，奔忙名利，追逐权势，又有多少人在人世间制造毁灭、生产颓废？

人生来是为了寻找幸福的。但是，自从迈开第一步，人便开始寻找财富、功名、权势、地位、美色等，为此不惜抛弃快乐，丢掉尊严。生命的本色越来越远不可触，人生的幸福也越来越遥不可及。

其实，只要自己的生命健康而富有活力，亲友的生命旺盛而不乏后劲，活着就是幸福，平淡也是幸福，给予仍是幸福，寂寞还是幸福。一位相声演员用朴实的话这样诠释：医院没住咱家的病人，监狱没关咱家的犯人，就是幸福。

幸福原来可以这么简单！

在清淡的人世间，在平淡的生活中，与幸运握手，保持生命的原色，你就幸福了，其他的都无足轻重，不足挂齿。

生命是一张单程票，你与幸运失之交臂，便不得不终止旅行；你与幸福擦肩而过，就无法回头再去追寻。握住幸运的手，生命才不会悲哀。

活着是一种幸福，有福的人生才会靓丽精彩。

第三辑 雪落无声

苦难生活中,夫妻二人把爱情根植于心,相互帮扶,那是一幅美的风情画。心中有爱,活得再苦再累,如果不放松那只牵着爱情的手,甜蜜和幸福也就不会失去。

那张纸条勾起她对往事的无限追忆,爱的细节,一点点充盈她的渐已苍老的心。她悟到了爱的真谛和幸福的秘密。

像30年前那样说一声我爱你

人生最美好的年纪,她插队到一个偏远贫困的小山村。她的美貌、她的妩媚在村里青年男子中掀起一阵阵旋风,引来无数双惊羡的目光。许多人在田间地头向她表白爱慕之情,她一一拒绝。在心里,她只钟情一同来插队的一名上海知青。在开会的时候,看他一眼,她就心如撞鹿,几天几夜心潮难平。她要尽了女孩儿的花拳绣腿,终于圈住了他的心。

他俩相爱了。

返城的时候,他无情地把她和他们不足3个月的孩子抛在了村里,顺利地回到大都市。那些日子,她趴在稻草堆里痛哭,不吃不喝,心如村后的那眼枯井。一个女人没了爱,那比天崩地裂还恐怖啊!村里的后生一个个由倾慕而不屑,最后,大家都厌恶起这个城里女人的矫情来,唯恐避之不及。

只有他,一个读过两年初中的壮劳力走进了她的生活,帮她烧水做饭,为她洗衣带小孩……她那颗枯井般的心渐渐有了

幸运草自己种

生气。

她对他的热情十分不解，疑惑地问："你为什么要对我这么好？"

他说："我爱你。"

女儿6岁那年，她终于盼来了返城的机会，流着泪离开了这个让她看透爱与不爱的小山村。她在省里一所技校当教师；为了照顾家属，他在学校守大门。进城以后，他们吵闹不止，吵架成了必修课。每次吵闹都是以她的恶语挑衅开头，以他的可怜静默收场。她明白丈夫是对自己好，可心里就是有那么多愤恨，不发泄到他身上，她就一刻也不得消停。

他是个粗人，但是她的生日一到，他心就比发丝还细。他会为妻子做一顿丰盛的晚宴，买好生日蜡烛，那气氛比初恋还要浪漫。她在吹灭蜡烛之后，他就一本正经地递上一张字条，上面写道：老婆你今天真漂亮，我爱你！

她就是我的同事吴老师。现在她不再和丈夫吵闹了，去年他们还被评为模范夫妻呢！在她获奖的时候，我向他们祝福："吴老师，祝你们夫妻俩恩爱到永久！"吴老师笑笑，说："恩爱？你是不知道，我们以前天天吵啊。"我惊问："怎么会这样？"吴老师笑得更厉害了，说："现在不吵了。转折点是我50岁生日那天。你不知道，那天他写了一张字条给我，说，就让我像30年前那样说声我爱你！"

那张纸条勾起她对往事的无限追忆，爱的细节，一点点充盈她渐已苍老的心。她悟到了爱的真谛和幸福的秘密。这时，她已人届中年，一个本不该激动的年纪，却着实激动了很长一段时间。

心灵花园

  那天，我坐在电视机前看《朋友》，著名播音艺术家瞿弦和、张筠英夫妇在电视里讲了一个和吴老师如出一辙的故事。他们结婚32周年的纪念日，瞿弦和对妻子说："就让我像32年前那样说声我爱你！"

  一句话敲得人心醉。吴老师的丈夫和瞿老师不是同一层次的人，但他们爱的细节有着惊人的相似。那是历经风霜之后，金灿灿的爱的誓言。在爱情日渐物化、爱意逐渐淡化的今天，它就像远古时代的活化石，散发着圣洁的光芒，弥足珍贵。

  一语穿心，它见证着爱情的永恒魅力！

幸运草自己种

站台上的哑语是爱情最真的表达，是温馨爱路上一朵绚丽的花儿。

站台上的哑语

大学毕业后，我和女友就劳燕分飞了。她在浙赣铁路的东头，而我在长长铁路的西头，中间长而冷的铁轨，除了通火车外，还有我们无尽的思念。

几年来，火车成了我们使用频率最高的爱情道具，火车票占了我俩开支的一大部分。我是一个信奉"人来不接、人去不送"的人，对女友却破例没有这样。她来的时候，我都会在离单位不远的9路公交车始发站（同时也是终点站）等候，但从不到火车站口迎候；她去的时候，我也只把她送到9路车站。她对我则不同，每次都来火车站出站口接我，送我到空荡荡的月台边，面无表情地看着火车走远。我一直认为，这只是一种习惯而已，女友却固执地维持这种爱的形式，不到火车绝尘而去的最后一刻，绝不离开我。

她对于我的"不接不送"政策满腹牢骚，曾不止一次地戏谑："你难道连一张2元的站台票也不舍得买吗？"我解释说：

"正是因为我爱你,才不忍看见你上火车时,像蛇吃老鼠一般不见了!"她回骂道:"你才老鼠呢!"

正如在接送这个问题上我和她存在巨大分歧一样,在生活这一背景下,爱情和婚姻存在巨大的矛盾。矛盾积累久了,终究是要爆发的。我们之间升起"蘑菇云"是在她那儿看《周渔的火车》的那一个夜晚。看完电影,我们从电影院出来,女友认真地说:"我厌倦这种火车生活,咱们分手吧!"我大声追问:"为什么?"她自顾自地回答:"明天我不送你了,你一个人回去吧!"

早上8点,我随着人流向检票口走去,女友没有来;我站在月台上候车,女友还没有来;我踏上了列车,她仍没来。我想,她是真的不会再来了。乘务员把门关上,硬是没见她的踪影,她再也不会来送我了。

月台上,一个姑娘隔着窗,冲我们做着优美的手势;在我身旁的一个小伙子,面带微笑,手指灵巧地比画着。他们在进行另一种哑语对话,只有他们俩才懂的爱的哑语。

汽笛响了,姑娘递上一页纸,我清晰地看见"不许哭"三个字。小伙子迅速在玻璃上哈了一口气,用食指重重地写道:

I
L
Y

我还没弄懂这三个字母的意思,火车就开动了,月台上的姑娘跟着火车追了几步,停下了,然后,倏地消失在我们的视野里。小伙子的笑意僵住了,离愁别绪如天边的朝霞爬满他略显稚嫩的脸。

幸运草自己种

  从 9 路公交车上下来,我觉得自己从终点又回到起点,在爱情里画了一圈后,又回归原位。那一刻,我突然明白,那小伙子哈气写下的三个英文字母意思是"I LOVE YOU",而姑娘"不许哭"的背后也深藏着"我爱你"三个大字。

  站台上的哑语是爱情最真的表达,是温馨爱路上一朵绚丽的花儿。如果我还有一次机会,我想,会选择站台上分别,只可惜,世界上一些东西错过一次,就再也找不回了。

那一滴滴的泪啊,每一滴都是一个音符,唱出世上最动人的旋律;每一滴都是一个音节,那是人间最美丽的语言。

爱是人间最美丽的语言

是 7 月的夜风带来的灾难。山间,朗月,班车醉风,倒卧在山脚的水涧。他护着她,如护一片易碎的翡翠玉石。她没事,他失去了知觉。

爱到情浓,他提出要去拜见未来的丈母娘。难拂深意,她便挽着深爱的男人踏上归家的路途。长途歌做伴,她唱起爱情主旋律——那首定情亦见证浓情的《真的好想你》。在她的 MP3 里,它占据 NO.1 的位置;在电脑音频中,它播放频率最高。因为一首歌,爱上一个人;爱上一个人,爱上一首歌。

听歌,他情绽如花,身展体舒。想唱,可嗓子不争气,糟蹋了歌,也毁了气氛,索性不唱,沉在幸福中,做一名爱的聆听者。

车载 DVD 里扬起熟悉的旋律:真的好想你,我在夜里呼唤黎明。他搂紧身边的女友,幸福以他们为中心泛起漩涡。此刻,山风骤起,人醉,车翻。如虎之祸,吞噬了数条人命。《真的好想你》在夜风里，成了绝唱。

在医院里，她抱着昏迷不醒的男友哭尽了泪。医生告诉她，你男友的大脑 3/4 坏死，治好了也只是一个植物人，想恢复不大可能。生活之甜才如同尝了甜桶最尖上的一点，怎么能没有他的陪伴？她痛哭过了，就在他耳边絮语，绵绵不绝的情话，反反复复的情话，说累了，她就用沙哑的喉咙唱，唱那曲属于他们的爱的主旋律。

真的好想你——

等爱。等爱人醒来。一天，一夜；又一天，又一夜……爱人在歌声中眨动双眼。医生说，奇怪了。爱人在歌声中苏醒，紧握她的手。医院向外界宣布：奇迹产生了。创造奇迹的不是医学，而是爱。

没有一种执着胜过等爱。世上没有爱到不了的地方，也没有爱创造不了的奇迹。医学有涯，爱无限。万千药方，千万医药，敌不过那深情的爱的呼唤。

婚礼在她家里举行，山里隆重的礼仪，袭倒了山一般魁伟的他。泪不争气地夺眶而出，一滴一滴往下来，每一滴泪都溅起爱的浪花。

那一滴滴的泪啊，每一滴都是一个音符，唱出世上最动人的旋律；每一滴都是一个音节，那是人间最美丽的语言。

歌要唱一辈子，爱要守一万年。

心灵花园

女人啊,都有一颗蝴蝶之心,生死像化蝶一样,是可以变通的。情绝了,男人在世上,也觉得他死了;情难断,男人在天堂,也会固执地认为他活在人间。

蝴蝶之心

一次从外地出差回来,在小区门口,一个七八岁的小男孩拦住我问:"叔叔,你知道我爸爸到哪儿去了吗?"他那双纯净的小眼睛里蕴含了太多的忧郁,看上去酷似一个智力有问题的小孩。我摇摇头,懒得理会他,径直走了。刚搬到这儿不久,就碰到这么一个"弱智男孩",我像是喝了变质的残汤,浑身都不舒服。

以后见到他,他没有再对我问东问西。还好,这是个没有纠缠倾向的"弱智儿童"。没过多久,我才知道,自己对那个小男孩完完全全下错了定义。

那天早晨,我准备去上班,在单元门口,碰到那个小男孩,领着他的是一个年轻的女人,显然是他母亲。

小男孩说:"妈妈,我要找爸爸。"

女人大声喝道:"不是早跟你说了嘛,爸爸死了。他不在这

幸运草自己种

个世界上,怎么能找到他?"

小男孩哭着不走,嘴里一直念着要找爸爸。

看到这一幕,我呆住了:多么可怜的小男孩,这么小就没了父亲,难怪眼里盛满了忧郁。这是一个多么可爱的孩子啊,我居然认为他是"弱智男孩",实在对不起他。

在这儿住久了,通过与邻居闲谈,对小男孩的家庭有了更多的了解。原来,他的父亲并没有死,只不过与他的母亲离了婚而已。那是一个狠心的男人,为了自己过好日子,抛下妻儿,跟一个富婆享福去了。从那以后,小男孩的母亲就对儿子灌输一个理念:爸爸死了。

男人在自己的心里死了,她就希望背叛自己的丈夫也死在儿子的心里。尽管儿子时不时地会闹着要见爸爸,但她坚信,前夫一定会死在儿子心里。

这让我想起我一个同事的女儿,一个活泼可爱的 9 岁小女孩。有一天,她跟妈妈来办公室玩,问我:"陈叔叔,美国远不远啊?"我说:"远啊,中间隔着一个辽阔的太平洋呢。怎么了,你想去吗?"小姑娘满脸都是幸福,说:"我爸爸在美国读书,妈妈说等我长大了,我爸爸就会带我到美国去。"

我感到非常惊讶,因为小姑娘的爸爸早在几年前就因车祸去世了。我的那个同事为了女儿不受继父的欺负,一直没有再婚,没想到,她居然在女儿心中复活了一个爸爸。

同事见我跟她女儿打得火热,问她女儿和我聊了什么,小姑娘用稚嫩的声音重复道:"我说我要去美国看爸爸。"同事冲我笑笑,我立马反应过来,说:"你去美国的时候,陈叔叔一定到机场去送你。"母女俩笑作一团,而我在她们的笑声中闻到一股悲怆的气息。同事永远爱着自己的男人，哪怕他不在人世，也要在自己和女儿的心里让他复活。

后来，她不止一次地对我说，谎话说得次数多了，就会变成真的。有的时候，我也觉得他是去了美国，而不是在天堂安眠。

女人啊，都有一颗蝴蝶之心，生死像化蝶一样，是可以变通的。情绝了，男人在世上，也觉得他死了；情难断，男人在天堂，也会固执地认为他活在人间。生生死死，化作一只蝴蝶，用飞翔的弧度在女人心里刻下爱与恨，遗落在女儿眼里的是对美国的向往，抑或对父亲的期盼。

幸运草自己种

好女人是一所好学校,她能给男人醍醐灌顶,也能给男人醍醐灌肠,让男人的灵与肉感受到妙不可言的舒畅。

苦香女人

苦,无疑是一剂良药,中医也这么认为:良药苦口利于病。那么苦香呢?

在我看来,苦香是一杯神奇的醍醐,灌肠有开胃通气之功,灌顶有增智提神之效。我有这番不经不伦的感慨,是久喝咖啡的缘故。

咖啡是所有饮品中唯一以苦味著称的,一副鹤立鸡群的样子,傲视群雄。放眼国内,喜欢喝咖啡的人并不太多,像我这样痴迷咖啡的人则是凤毛麟角。咖啡与热闹的酒相比,要寂寞许多。所幸的是,掺入了咖啡伴侣,咖啡的苦,就变成浓浓的苦香,原本的艰涩味道也没了,入口,倒是爽滑如脂,你还没缓过神来,它就滑入胃里,香遍全身。这就是咖啡伴侣的神奇。

咖啡伴侣,这名多人性化啊,叫起来别提多亲切了。咖啡伴侣,让我感到亲切,更多的时间是我为之敬慕,因为它是与苦做伴,与寂寞为侣。咖啡伴侣其实拥有一种华贵的品性,出淤泥而不染，似烟云出秀岫。

有一种女人的品性与咖啡伴侣极为类似，以自己洁白的香躯，陪伴苦男人走过那段苦日子，走到人生幸福之地。她便是苦香女人。苦香女人，我十分钦佩，十分景仰，当然，在这个世界上也颇为难觅。男人有幸遇见此种女人，能追尽量追到手，追不到，那就心怀感念，目送她一路走好吧！

我有一个好朋友，叫清林，他师专美术系毕业后，分配在乡村中学教书，为山乡的孩子们点亮艺术之灯。在9个月没领到薪水后，他支撑不住了，背着心爱的画板独闯省城。他在半边街租了一间便宜的民房，在如林的个人画室中，开了一个名为"清林"的小画室。他没有任何生活来源，身上带的钱在交付房租后，就所剩无几了。清林倾其所有采购了画画的颜料、画笔、画纸等，准备在这座举目无亲的城市卖画为生。他那段日子，别提有多苦了。

一次，他在地下通道摆画摊，一位来自湖南的打工妹走进他的视野，和他一起过那种由根到叶都在滴苦汁的生活。打工妹在一家电脑公司做营销，赚得的为数不多的钱，大多为清林买画具，而两人的生活省之又省。她非常支持清林的事业，为了清林，她愿化作颜料，任他涂抹。

5年之后，清林的一幅名为《心中的灯》的油画，成功地卖给美国一位艺术品收藏家，获得丰厚的回报。他们的生活才彻底地与苦告别，而这一切都与咖啡伴侣式的他的女人密切相连。她在苦境中打拼，创造出生活的奇迹，同时，也成了她男人心中永远的灯。一般而言，女人多数不能与男人共苦，同样，男人很少愿和女人同甘。同甘共苦一不协调，就造成男男女女

幸运草自己种

之间说不尽的恩恩怨怨，话不完的悲欢离合。此情此境之下，咖啡伴侣式的女人显得多么珍贵，又多么重要。

我所认识的女人们鲜有能与男人同苦共寂寞者，她们有个性十足的追求，有特立独行的价值取向，我无力也没必要去说服她们。她们崇尚衣食无忧的幸福生活，要穿"爱情牌"时装，吃"爱情牌"海鲜，住"爱情牌"套房，总而言之，以爱情的名义，享受现存的美好生活。她们远离苦，远离寂寞，生活甜得要加点盐才过瘾呢！我祝福她们，祝愿她们甜蜜的生活长盛不衰。但我还要悄悄地送给她们一句老祖宗传下来的一句话："天将降大任于是人也，必先苦其心志……"

我深信，熬过大苦必有大福，就像我的朋友清林一样。人生是一个创造的过程，创造着是幸福的。相对而言，苦香女人在吃过苦、走完寂寞之路后，她感受到的幸福更逼真、更有意义。

好女人是一所好学校，她能给男人醍醐灌顶，也能给男人醍醐灌肠，让男人的灵与肉感受到妙不可言的舒畅。

苦香女人，你在哪儿？男人们在苦苦寻觅……

一个男人,哪怕你是声名远扬、威震四方,为了爱情而去牵一只羊,不但不掉身价,反而更彰显迷人的男子汉风度。

牵羊上课的教授

1932年初,淞沪抗战失败后不久,杭州沦陷到日寇手中。著名核物理大师王淦昌教授不得不随浙江大学后迁至贵州省一个叫湄潭的小山城,过着凄苦、贫寒的流亡生活。王淦昌教授在颠沛流离中,不幸染上肺结核,咳嗽得厉害,痛苦不堪。

王教授的妻子在湄潭落脚后,到处打听治肺结核的偏方,终于得知羊奶能缓解症状。她费尽周折,买来三只奶羊,漫山遍野地赶着放牧。王淦昌看着妻子又做家务,又要帮忙整理文稿,觉得她已够辛苦的了,现在又养了三只奶羊,更加重了她肩上的担子。他心疼自己的妻子,想办法为她分担重负。

他说:"这些苦活不能都让你一个人做。从明天起,我负责放一只奶羊。"

她吃了一惊,说:"你?能行吗?"

他坚定地说:"不就是当羊倌吗?我上课的那座寺庙前长满了绿绿的青草。明天牵一只去,保准让它吃个饱。"

幸运草自己种

妻子拗不过他，只好答应。

此后，每逢上下课，王淦昌一手夹讲义包一手牵奶羊，沿着弯弯曲曲的山道悠然往来。

爱情，有时就是那根拴着奶羊的绳子，拴着两个人，更牵着两颗心。一根绳子，她牵累了，他接着来牵；她倦了，他来顶。

一个男人，哪怕你是声名远扬、威震四方，为了爱情而牵一只羊，不但不掉身价，反而更彰显迷人的男子汉风度。苦难生活中，夫妻二人把爱情根植于心，相互帮扶，那是一幅美的风情画。心中有爱，活得再苦再累，如果不放松那只牵着爱情的手，那也是甜蜜和幸福。

苦难之中，王淦昌教授牵羊去上课，是留给后人珍贵的爱情标本。

第四辑 无弦的吉他

世上每一个人都在心里珍藏着一把无弦吉他,在这把吉他里,浓缩了人与人之间最纯的情感、至美的关爱,以及温暖一生的心灵牵手。在人生旅途上,抽空抚一抚这把无弦的吉他吧,从此,阴霾消失,阳光洒在你的脸上,露珠落在你的心里。

那每一笔涂鸦，都是刻在墙上的母爱，笔笔都是一个母亲对女儿的思念。

墙上的母爱

跳槽到报社做记者以后，我又新租了一间房子。当房东打开房门的时候，满墙的涂鸦之作以逼人的气势侵略性地进入我的视野。

我惊问："这墙怎么涂得这么吓人？"

房东说："我也没办法。这样吧，你找几个农民工用石灰浆涂抹一下，我免你一个月的房租。"

这是一个很划算的买卖，我立刻点头答应。

大概一个星期后，我叫来两个农民工刷墙。还没开工，一个女人把农民工师傅拦住，双手坚定地比画着，嘴里咿咿呀呀地叫。她是个哑巴。

我跟她解释："这房子是我租的，墙上太脏了，刷干净点好看一些。"

女人横在那里，毫不退缩。

我没有办法，只好叫房东来解围。

幸运草自己种

房东说:"小陈,她以前就租住在这儿,这些东西是她画的。她肯定是舍不得把这些乱七八糟的东西刷掉。她很蛮横,你还是让着她吧。"

我让农民工师傅先回去,把女人留下来,和她笔谈。渐渐地,我明白了女人凄苦的身世,以及她对女儿深深的思念。

女人怀孕的时候,丈夫在一场车祸中丧生。多少亲戚朋友劝她流产,再寻别的男人,她怎么也听不进去,固执地要把孩子生下来。

就在女人临产前夕,丈夫单位要收回房子,将她扫地出门。她强忍着,租下了这间小房子。不久以后,她在这间出租屋里生下了一个女孩。

女人没有生活来源,就沿街捡破烂,靠那点可怜的收入养家糊口。女人倾注了全部心血在女儿身上,教她识字看画,教她唱歌跳舞。小女儿天真活泼,人见人爱。

女儿三岁那年,女人生了一场大病。病好之后,她成了哑巴,与人交流只有通过纸和笔了。为了女儿的前程,女人把她送给别人,自己一个人过孤独的日子。

女人隔三岔五就去幼儿园看女儿。女儿学了"a、o、e"之类的拼音,她回来就在墙上写上"a、o、e"等,女儿学了一首儿歌,她回来之后,就在墙上写下儿歌的名字。没过几年,四面墙被涂抹得满满当当。

刚开始,房东叫她不要在墙上乱画,但听到她咿咿呀呀的叫唤之中透着凄苦的苍凉,便由着性子让她去。突然有一天,女人边抹眼泪边进屋,关上门后,整整哭了一宿。

从此以后,她再也没有在墙上写下一个字。房东猜想,她女儿可能是随养父母迁走了,也可能是女儿不认这个哑巴母亲。

在我租这间屋之前,女人在这整整租住了15年。

听到女人的这个故事,我的心莫名地有些感伤,那浓浓的人间温情直抵我心灵最深处,让我久久地感动。我对女人说:"这墙我不会处理的,你什么时候想看它,就来看它好了。"

女人走后,我从采访包里取出照相机,把墙上那密密麻麻的字全拍了下来,准备把照片作为礼物送给她。我觉得作为母亲,她确实不容易。

第二天,我接到异地采访任务,离开了这座城市。一个星期后,我结束采访,回到租住屋里,不禁大吃一惊:字墙没了,取而代之的是光洁照人的瓷面!房东告诉我,我走后,一个娇艳的女子叫人把字墙给弄掉了。望着四面白墙,我突然感到空落落的,像是丢失了一件心爱的宝贝。

现在,我唯一能做好的就是把字墙的照片冲洗好,这成了我的一项神圣使命。照片洗好了,我等待哑女的出现。可惜,很长时间过去了,她一直都没有踪影。

不知她到哪儿去了。

幸运草自己种

人生追求何其多，亲情才是最难舍的，是任何物质的诱惑都不能俘走的。

儿女是父亲最自豪的别墅

朋友阿红是一家杂志社的美女编辑，她用婉转悦耳的嗓音打动了无数男作者。她向男作者约稿一个电话搞定，无往而不胜。尽管如此，她也有失利的时候。一次，她想邀请著名作家二月河先生为杂志写一篇随笔，就结结实实地碰了几次钉子。

头一回打电话，她以热心读者的身份在电话里说："我是你忠实的读者，太喜欢你的作品了。你是我心目中的当代文学大师，《康熙大帝》写得好极了，《雍正王朝》更是深刻，我太爱看了，不光如此，我妈妈，对了，还有我正上小学的弟弟也都非常喜欢。你真不愧是大师，作品妇孺皆知，老少皆宜，闻名遐迩。"一番热情洋溢的话后，她才抛出自己的真实目的，二月河不吃这一套，推脱了。

再次拨通电话，阿红以老乡的身份出现，并抬出了二月河的老朋友南阳理工学院的院长薛教授做游说资本。她想，这一次一定能成，二月河老师至少该给老朋友一点面子吧！然而，她想错了。二月河对她解释说:"太忙了,实在是对不起!"

阿红不甘心就此失败,四处搜集情报,最后想出一个妙招。她用特快专递给二月河正在上高中的女儿寄去了两本样刊,并请小姑娘在父亲面前说几句话。小姑娘翻了翻杂志,十分着迷,就听了阿红姐的话,回家后对父亲说:"胖子,这杂志我喜欢,下期我要看到你的文章在上面。"

三天后,阿红就收到了二月河先生谈论美女与装扮的随笔。

一次和阿红喝茶,她跟我讲了这个约稿的故事,问我:"你们男人是不是都想拥有别墅、轿车?"

我说:"谁不想?天天奔忙,苦苦追求,还不都是奔那些去的吗?"

阿红说:"你错了。做了父亲以后,你就知道还有比别墅、轿车更吸引你的。儿女是父亲最自豪的别墅,二月河是这样,普天下的父亲都是这样。"

细细一想,阿红所言极是。别墅、小车之类的东西都是人生中过眼烟云,没有温度,没有情感,没有刻骨铭心的牵念,而儿女才是父亲一生中最引以为豪的作品。他(她)是父亲心跳中最有弹力的一次,是父亲血液里最温暖的一滴。人生追求何其多,亲情才是最难舍的,是任何物质的诱惑都不能俘走的。

因为,儿女是父亲最自豪的别墅。

幸运草自己种

父亲的背是他实现梦想的人生航船,父亲的意志是他直面现实的人生航标。

父亲就是打破神话的那个人

他5岁的时候,不幸患了小儿麻痹症。乡卫生院的医生对他的父亲说:"你就别浪费钱了,到县城买个好点的轮椅吧。他这一生肯定要在轮椅上度过。"

他的父亲沉默良久,吸完一袋烟,背起儿子一个劲地往县城赶。县医院的医生把话说绝了:"你就是把儿子背到北京去治,也站立不起来。"

12岁那年,他坐着轮椅去学校上学,端端正正地坐在小学一年级的教室里。他的成绩不算好,但音乐老师喜欢他,夸他乐感好,嗓音也不错。夸过之后,音乐老师又无奈地摇摇头自语道:"一个残疾人,要想唱歌,难啊!"

一天,他对父亲说:"爸,李老师说我的歌唱得好。我想唱歌!"在村里,健康的小孩都不敢抱有唱歌、跳舞这类学艺术的念头,他的这一想法一时被传为笑谈。村里的人众口一词:"他想当歌星?讲神话吧!"只有他的父亲把他的想法当回事,认真地说:"儿子,只要你有这个想法,我就一定要让你成为一名歌星!"

他的父亲把他背出了山村,背上了火车,直奔省城。他看到了山外精彩的世界,抑制不住内心的激动,在父亲的背上一路高歌。

当这对父子站在师范大学音乐系主任家门口的时候,城市已是万家灯火,奇异的饭菜香冲进他们的鼻子,一整天没吃东西的他们越发感到饥肠辘辘。系主任把门打开,他父亲立即跪了下去,央求道:"主任,我儿子有音乐天才,求你收下他吧!"

系主任惊讶地问:"谁说你儿子有音乐天才?"

他父亲说:"我们村小李老师说的。"

系主任骂道:"神经病。"

他们离开了师范大学,茫然地行走在陌生的城市。

他俩走了很多地方,敲了很多门,都被人冷冷地拒在了门外。他的父亲依然没有灰心,背起儿子又踏上了新的求学之路。他们的真诚和执着终于打动了一所民办高校的艺术系主任。他成了音乐班免费的特招生。

经过一年的正规训练,原本资质不算好的他在学校赢得了"歌王"的美誉。他翻唱郑智化的《水手》,曾让无数观众为之动容。

离开学校后,他对父亲说:"我要去北京唱歌!"他的父亲二话没说,把他背到了北京。他挂着杖跑场子,一声又一声,歌唱着美好的生活。

几年过去了,他成了业内颇受欢迎的"地下歌星",凭借自己的努力,在北京买了房子,把山村里的家人全接到了首都。

幸运草自己种

他的父亲却因过度劳累,离开了人世。

那一年,他24岁,他的父亲57岁。

父亲的背是他实现梦想的人生航船,父亲的意志是他直面现实的人生航标。父亲给他温暖,给他力量,给他自信,给他实现人生价值的阶梯!

父亲就是打破神话的那个人!

所有的说辞,在女人那母性的哭泣中都显得那么苍白、那么虚伪。只有母亲才会不顾一切地去护佑自己的孩子。

撤诉的女人

这是我从一个律师朋友那儿听来的故事。

一个女人与丈夫共苦多年,一朝变富,丈夫便不想与她同甘了。他坚决提出离婚,并且带走他们唯一的儿子。女人快40岁了,是个不容易再婚的年纪,当然不答应,想方设法修复已经破碎的婚姻。但她失败了,最终和丈夫离了婚。

为了要回孩子的抚养权,女人决定与前夫打一场夺子官司。准备材料起诉,是她唯一的选择;让儿子跟自己,是她唯一的渴望。女人请了我的朋友去做辩护律师,抛出自己的底线:只要儿子判给自己,其他什么都可以不要。

女人在朋友的指导下,做好了充分的应诉准备,有九成的把握能赢。

开庭那天,她丈夫提出女人的身体状况差,不宜带小孩,并拿出了她以前的住院病历作证;女人当庭出示了开庭前一天由某大医院核发的体检结果,轻松驳倒了丈夫。丈夫提出女人

幸运草自己种

欠巨额外债，没有经济能力抚养儿子；女人出示了丈夫转移财产、转嫁债务的商务函件，又一次驳回了丈夫无理的指控。

激烈的唇枪舌剑，拉锯式的辩论，女人一直占上风。丈夫见势不妙，使出最后的撒手锏：女人是全职太太，待在家里很苦闷，经常打骂孩子，对孩子心灵造成巨大伤害；儿子不愿和她生活，只想跟他在一起。

审判长传唤他们的儿子出庭作证，法警正要向证人室请她儿子出庭的时候，女人的脸由红变白，又由白变紫，忽然站起来，大声宣布："审判长、审判员，我——撤诉！"

女人掩面大哭，跑出了法庭，留下惊愕的丈夫愣愣地坐在那里。显然，他被前妻莫名其妙的举动弄傻了。为她辩护的我的朋友也惊呆了，不明白她究竟中了什么邪。

事后，我的朋友找到女人询问："你真的一直在虐待你的儿子吗？"女人无力地摇摇头答："我爱我的孩子，怎么可能虐待他？"

朋友惊诧了，问："那你怎么不反驳你前夫，从法律层面上讲，轻而易举就能驳倒他。你为什么要放弃？"

女人说："我孩子胆小，一旦出庭作伪证，必将留下巨大的心灵伤疤。我怎么忍心……"她以泪代语。所有的说辞，在女人那母性的哭泣中都显得那么苍白、那么虚伪。

朋友感到深深的震撼。当我听完朋友的讲述之后，我同样感到无比的震撼。天下只有母亲才会做出如此选择，只有母亲才会不顾一切地去护佑自己的孩子。

她曾经是那么怕毛毛虫，但是，在女儿面前，居然轻轻地将毛毛虫抓了起来，扔得老远。那一刻，母性将她心里的毛毛虫撵走了。

撵走心里的毛毛虫

女孩天生胆小，一只绵软的毛毛虫足以吓得她魂飞魄散。偏偏路边的绿化树总会冷不丁地掉下毛毛虫来，吓得女孩连路都不敢走。每逢落虫的季节，她非要妈妈送出这片绿化树不可。

她问妈妈："毛毛虫怎么那么可怕？"

妈妈说："等到毛毛虫走出你心里之后，就不可怕了。"

她又问："什么时候，我心里的毛毛虫才会走出来呀？"

妈妈告诉她："你长大了，毛毛虫自然就会被撵出来的。"

这天，几个调皮鬼把一只又粗又长的蚕宝宝放在女孩的书包里，然后一起坐在一旁等着看女孩的好戏。女孩在教室外面踢了一会儿毽子，回到教室，刚在椅子上坐下，看到书包里蠢蠢欲动的小虫子，吓得尖叫一声，然后，倒在地上晕了过去。

几个调皮鬼见状也吓得够呛，躲了一天，不敢来上课。他们第二天回到学校，当着全班同学的面一同向女孩道歉。

幸运草自己种

此后,大伙只要说一声:"有毛毛虫!"女孩准会吓得脸色煞白,浑身冒冷汗。

谈恋爱的时候,男友邀她去爬山,她怕山上有毛毛虫,迟迟不敢答应。后来,恐惧抵不住男友的热情,她只好一路忐忑地跟在他后面。在弯弯的山道上,她看见路边一只只绿如黄瓜、细如线的毛毛虫蜿蜒而行,吓得眼睛都不敢睁开。男友紧紧地搂着她,用力地牵着她的手,她眼睛半合半开地走过那条有毛毛虫的山道。

爬累了,他俩坐在一棵如盖的栎树下,轻轻絮语。山中绿凉如荫,女孩在情海中缠绵。突然,一只瘦小的黑毛毛虫落在她的膝盖上。她脸色惨白,倒在他怀里,嘴里不停地喊:"吓死我了,吓死我了!"

结婚之后,她依然没有驱散毛毛虫在心里烙下的阴影。每次切菜切到毛毛虫,她都会大呼小叫,好几天都摆脱不了那种惊恐。想起了小时候和母亲的对话,她情不自禁地感叹道:"什么时候毛毛虫才会走出我心里呢?"

女儿的降临,让她感到非常幸福和满足。女儿三岁那年,她抱着女儿去看母亲。路过那片熟悉的绿化树,女儿指着她胸前问道:"妈妈,这是什么呀?"原来是一条毛毛虫,在她胸前蠕动。她刚想大叫,看见女儿清澈如水的眼睛,本能地缩了回去。她想:自己惊恐不安,一定会把女儿吓哭了。她不想吓着女儿。

她轻轻地抓起毛毛虫,对女儿说:"这是毛毛虫,它并不可怕,是不是?"女儿乖巧地点点头。她把毛毛虫扔在地上,和女儿说说笑笑着走出绿化树。

在女儿面前,她突然拥有了一种力量,正是这种力量让她轻轻抓起毛毛虫,扔出老远,并且撵走了心里的毛毛虫。

那个夜晚和陌生女孩握手的经历,始终烙进我记忆的最深处。每每忆及,我总能感受到那只手传递过来的温暖。

一夜握手到天明

那年中专毕业后,为了减轻家里的负担,我决定南下广东打工。

正月十六,我和村里的两个同伴来到县里的火车站,候车的乘客黑压压一片。人们翘首盼望着,脸上布满了渴望的神色,眼里填满了无奈。

火车来了,长长的列车像一块硕大的磁铁把站台上的人迅速吸了过去,那种力量是无形的、巨大的。我和我的同伴被这种洪水般的力量冲散了,只好一个人蛮横地爬窗而上(车门很多都已打不开),钻进一节已几乎无立锥之地的车厢。

在这个江南罕见的雪夜,我吃力地站在拥挤不堪的火车上,开始了人生第一次孤独而漫长的旅行。吵闹的车厢里,空气令人窒息,我用我残存的思维不停地思考:头一次出远门就碰到如此拥挤的人群,漫漫长夜,遥遥路途,我能支撑得住吗?惊恐一次又一次向我袭来,渐渐地,我的知觉开始迷糊。

幸运草自己种

这时候，一只柔软的小手轻轻地探入我的手心，然后，不紧不松地握住了我的右手。刹那间，我的注意力全部集中在那只被温暖的小手握住的右手上，情不自禁地把它紧紧握住。那是一只女孩的小手，爽滑如脂，柔若无骨。它的主人就在我的右后侧，凭着眼角的余光，我看到她美丽的侧影。

这是我第一次同女孩子如此亲密地握手，而这非同寻常的第一次竟是和一个陌生的女孩。羞涩感像千万只蚂蚁在心里蠕动，那种感觉妙不可言。我浑身血液沸腾，昏迷之感被撵得远远的。

缓过神来，我猜想她肯定握错了手，便渐渐用力挣脱她。她不恼，反而追上前来，摆出一副不相握不罢休的架势。我侧过脸去，用探寻的目光搜索她，她微微一笑，眉角一颤，似乎在问："你挺得住吗？"我也轻轻一笑，无声地告诉她："谢谢你的支持！"

下半夜，火车进入广东中部，下车的人多，上车的人少，车厢里稍稍宽松了许多。我和她穿过一个别人的旅行包，依然握着手，用温度和力量传达着双方的关心和祝福。我几次想和她说些什么，都无法开口。有限的几次对视，却因害羞，坚持不到三秒钟。那种感觉真好，驱逐了我的眩晕和困倦。在这样的旅途中，眩晕和疲乏都是危险的，特别是一个人。

天亮后，车到东莞，我们松开了紧握的手，双双下了火车。在进入出站口的时候，我终于向她说出了第一句话："谢谢！"她说："不用谢，三年前，因为我晕车，一个陌生的男孩紧紧地握住了我的手，握了一夜。"然后，这个和我相握到天明的女孩，匆匆钻入茫茫人海，成了千千万万个陌生人中的一个。

同伴找到我，一个说："你没丢掉呀？"另一个说："气色还不错嘛！"我没有回答，而是沉醉在夜里那种和陌生人握手的感觉里。

　　一夜相握到天明，一路有爱紧相随。多少年后，我已远离打工的日子，但那个夜晚和陌生女孩握手的经历，始终烙进我记忆的最深处。每每忆及，我总能感受到那只手传递过来的温暖。

幸运草自己种

这三种答案分别代表了浪漫、教化和快乐,对于一个人而言,这是三种重要的人生元素。

最想和谁在一起

"在一座荒岛上,你最想和谁在一起?"这道题是某电视节目主持人出给嘉宾的。

一个女嘉宾回答:"我最想和我的男朋友在一起,早上牵手呼吸咸湿的海风,中午在浅滩上快乐地踏浪,黄昏倚在男友的怀里,看太阳一点点地坠入大海,好浪漫啊!一旦出现什么危机,男友还可以保护我……"

另一个嘉宾说:"我想带我儿子在身边,让他体会到生存的艰辛和生命的孤独。这样一来,他对人生感悟就会更深一层,迅速到达知性和理性。"

最后一个嘉宾最有意思:"我最想和海豚在一起。烦闷的时候,我就教海豚顶球,可好玩了。恐惧的时候,我就抱着海豚,滑滑的,多舒服啊。实在厌烦了岛上生活,我就让海豚把我驮回陆地……"

在我看来,这三种答案分别代表了浪漫、教化和快乐,对于一个人而言,这是三种重要的人生元素。

看了这个节目,我细细琢磨,真是被这道题给难住了,一时半会,想不出要和谁在一起。不过,我的确不会让我的妻子来荒岛上体验浪漫,这是荒凉之滩,而不是浪漫之都;更不会让未来的儿子到此地增加感悟的知性和理性,极度的荒凉会把他仅有的一点知性和理性赶跑的。当然,我也不会选择和海豚在一起,指望它带来快乐,不过是海市蜃楼罢了。

我确实不知道选择和谁在一起。困惑之际,妻子做了一份答案:"我会选择和老公在一起。"她的理由是:婚姻就是一座荒岛,夫妻二人互敬互爱,耕织度日,建设锦绣家园。总会有一天,荒岛变成花园,这就是爱情的魅力。母亲听后,也接了茬:"你要是误入荒岛,我就来陪你,帮你找吃的,为你赶蚊子……"

刹那间,我有了一个明白无误的答案:在荒岛,我最想和爱在一起。

第五辑 一棵宁静的树

山宁水静,固然是宁静的,那么,在雷电之下、巨澜之侧,母鸟还能够纹丝不动地呵护安睡的婴儿,这意境难道不是更宁静吗?

失去的未必真可贵,眼前的不珍惜,同样会失去。与其让眼前的失去,造就一个所谓的"最好",不如珍视眼前,展望未来。

青瓷油灯

一个朋友从韩国归来,拎回大包小包的风味小吃、旅游纪念品,我们一边分享他的快乐,一边询问他对韩国的印象。这一异域之旅,他三言两语道尽。倒是对一盏青瓷油灯,耿耿于怀,喋喋不休,叹声连连。

韩国的青瓷举世闻名。那天,朋友来到瓷都庆州市一家青瓷店里,面对满柜的青瓷器具,感受到来自青瓷世界诱人的魅力,凉凉的,滑滑的,亮亮的,如星光点缀的青蓝的夜空。挑尽千瓷皆不是,他只对一盏青瓷油灯着迷。它精巧别致,通体透亮,釉质晶莹,白中泛青,青里透白,有爽滑而坚硬的质感,有灵动而宁静的生机。把青瓷油灯放在手心,这可爱的小东西仿佛吐出火苗,灵光闪动……

朋友有了购买的冲动,问翻译:"这盏青瓷油灯多少钱?"

翻译说:"1000元人民币。"

幸运草自己种

朋友听了，心里颤了一下，国内1000元就能买到一套高档餐具！这么一想，他便把青瓷油灯放回原处。临走时，他安慰自己：韩国的青瓷到处皆是，还愁买不到比它便宜的？

带着对前方的憧憬，他上车了。然而，现实跟他开了一个玩笑。出了庆州，他走遍了所有的青瓷商店，除了一些茶杯、花瓶之类的，再也没有发现青瓷油灯。他疯狂地想念那盏油灯，懊恼和怨恨如潮水般疯狂涌来，他觉得那款青瓷油灯是这世界上最好的，独一无二，甚至那本不存在的一点灯火，在他心里也成了人世间最美的火光。

无尽的追忆始于青瓷油灯脱手的那一刻，在长久的惦念之中，那盏失之交臂的青瓷油灯，成了他心中高山仰止的神圣之物。

朋友讲起韩国之旅，总会无限伤感地哀叹："唉，我真后悔，没有把它买下来，那可是世界上最好的呀！现在，它总在我的心头盈着火光。"

听到这句话，我顺其意而行，陷入沉思。

那一盏青瓷油灯，握在手，以为不及一套高档餐具，弃之不惜。在青瓷油灯远去之后，心中逐渐明晰，如添薪的篝火越照越明。此情已逝成追忆。在日复一日的回想之中，弃劣存优，时间将其打磨得光洁照人，神采飞扬。这是一种深刻的生命体验，颇有情殇的祭奠意味。青瓷油灯的"最好"是在追忆中得出的，真正的赠予者是时间。

如果真的买了这盏青瓷油灯，它还能拥有如此美誉、如此牵动一个异国游客的心吗？结局肯定很惨：或者摆在柜子里，或者暗藏于箱。没有时间去追忆，何来深刻的生命体验？"最好"一说更无从谈起。

人生处处藏玄机,"最好"如山障眼,此时的青瓷、彼时的油灯,在有与无之间、在念与不念的两边,水分泾渭,地成南北,看重了,高上天;忽略了,沉入海。沉沉浮浮,爱爱恨恨,一隔两重天。

人生时时在失去。凡心悟,"最好"永远留在不可及的历史烟尘之中;慧心觉,眼前的一点一滴最为珍惜。失去的未必真可贵,眼前的不珍惜,同样会失去。与其让眼前的失去,造就一个所谓的"最好",不如珍视眼前,展望未来。沉浸在过去之中念"最好",岂能比立足今天创"更好"更好?时间是人生玄机的总开关,启启合合,"最好"与"更好"你方唱罢我登场,尽现沧桑人世。

青瓷油灯是不会冒火苗的,在朋友心中闪烁的只是虚幻之光,因为虚幻,总有一天会熄灭的。到那时,它就从一个神物还原成凡物。

还是放弃苦心维系的那个"最好"吧,因为这盏青瓷油灯已送给你一颗慧觉的心。

幸运草自己种

童心牵挂蚂蚁之家,爱留给蚂蚁,童心和爱在洪水中得以升华。小男孩挽救了全村的人,却在滔滔的洪水中成佛。

水中成佛

小男孩的家坐落在村中央那个荒疏的竹山旁边,背北面南,视野开阔,抬头可见村南一块块整齐划一的绿田和一群群振翅飞翔的白鹭;一条长流不止的河,像一条弯弯的宽宽的绸带落在田野上,蜿蜒向东而去。竹山春有飞燕,夏有鸣蝉,秋有蟋蟀,冬有留鸟,四季花虫各异,鸟兽不同。小男孩迷恋竹园的飞禽走兽、花草树木,还有松松软软、黏黏糊糊的红土。他有时邀三两同伴过家家,弄得满手满脸都是红泥;有时独自在竹园游游荡荡,见有趣的就不声不响地迷上半天。

小男孩的父亲是村小教师,早出晚归,在山那边教一帮比小男孩大的孩子。小男孩的母亲是普普通通的农妇,头上裹一块花格子毛巾,整天在田里地里忙乎。一日三餐,母亲扯着嗓子喊:"吃饭了!"小男孩就晃晃悠悠,舞着一双脏兮兮的泥手跑进厨房。父亲教小男孩认花识草,看虫辨鸟,灌输一些浅显易懂的知识。母亲站在一旁,眯着眼听,听不懂就笑,不住地责怪道:"看你们父子俩,吃饱了没事,尽说些没名堂的东西。"

仲夏,小男孩持续发烧,七医八治,不见退下去。父亲爬山越岭给他寻草药,母亲在地上铺块席子,把他放上去取凉地气。天闷热,白天太阳火辣辣地照,黄昏风起云涌,却不见雨点落下。小男孩仍然惦念竹山——他的乐园。

趁父母不在,小男孩一骨碌爬起来,钻入竹林东瞅瞅西望望,没捕捉到什么新鲜东西,就一屁股坐在地上,掰小草取乐。突然,他的小屁股传来一股尖锐的刺痛,起身一看,原来是蚂蚁,一列浩浩荡荡的蚂蚁队伍。这群蚂蚁排成一条弯弯的长线,大部分拖着东西进山,个别的空手出山,还不断地与进山的蚂蚁碰头,像是告诉它们什么。小男孩沿蚂蚁的线路一直搜索,发现起点在村口一棵硕大的柳树洞里,终点就在屋后那株四季如盖的老栎树底下。

母亲回来,见小男孩不在,急忙奔向竹山。小男孩正在和红泥、架树枝,搭建着什么。

母亲问:"干什么呢?"

小男孩说:"蚂蚁搬家,我给它们做房子。"

父亲放学回家,小男孩问:"爸,蚂蚁怎么可以搬得动比它还大的东西呀?"

父亲说:"蚂蚁是世界上力气最大的。"

小男孩说:"噢,难怪它搬家,还排成长长的一条线。"

父亲惊问:"你看见蚂蚁搬家了?"

小男孩说:"是啊,它从村口搬到我们屋后来了。我都给它们做了房子。"

父亲脑海里出现可怕的洪灾。他没来得及跟小男孩解释,

幸运草自己种

蚂蚁从低处往高处搬是洪水的征兆,就连夜挨家挨户通知村民:要发大水,准备搬家。夜里,小男孩开始退烧。

村民陆陆续续往高处搬。

不久,洪水溢过河道,漫过农田,爬进村里,眼前汪洋一片。雨天,小男孩还在关注蚂蚁之家,不断地增添树枝和瓦片,让蚂蚁更安心,让家更稳固。

童心牵挂蚂蚁之家,爱留给蚂蚁,童心和爱在洪水中得以升华。小男孩挽救了全村的人,却在滔滔的洪水中成佛。

在喧嚣的都市里,门前的小樟树是宁静的,但比小树更宁静的是街边的女人。

一棵宁静的树

单位门口有一棵小巧的香樟,叶子嫩绿嫩绿的,一年四季透着澄净的生命原色。每次风雨洗净天空和街道之后,小樟树就袅袅地升起一缕缕樟香,经风一吹,窗明几净的办公室里便悬着若有若无的香气。

那是一个炎热的午后,我趴在电脑前小憩,空调"嗡嗡"地轰鸣,送来阵阵爽意的凉风。蓦地醒来,我看到门前熙来攘往的人流,如蚁穿行的车流,那是比空调嘈杂万倍的喧嚣。幸好,一扇玻璃门将尘世的杂音暂时阻隔在外面。

夏风穿过如林的高楼,抵达我视线所触的小樟树时,已微弱得可以忽略不计了。小树孤独地立着,在如海的人流中,飘零无依。但我仍然依稀地闻到一股很好闻的樟香,是在心里。树自飘零香自散。

刹那间,我的注意力全被吸引到小樟树下一个兀自坐着的女人身上。她背对太阳,侧身对门,双目微闭。阳光透过稀稀

幸运草自己种

落落的树叶射在她的脸上、身上，形成一个个灿烂的光斑。在她的怀里，一个安睡的婴儿轻卧着，一只嫩嫩的小手还轻拽着女人柔软的发丝。她在干什么呢？等人？乞讨？抑或只想倚在树荫下，领略都市的旖旎繁华？

不自觉地，我想起读书时读到的一则小故事。一位美术老师叫学生以《宁静》为题画一幅画。学生们冥思苦想，充分发挥自己的艺术想象力，纷纷拿出自己最得意的画作交给老师。美术老师在课堂上悬挂出两幅同题画。一幅是静穆的大山，山脚下一湖如镜的清水，波澜不惊，岸边一位白须飘垂的老者悠然垂钓，周遭一片静谧。同学们暗自惊叹：宁静，真是宁静！另一幅画是电闪雷鸣之际，瀑布之水如万马奔腾，直扑而下，水花四溅，朵朵冲天而去，其势雷霆万钧。学生看后，大感不解：何来的宁静？偏偏美术老师认定的是第二幅。经老师点评，大家才发现，沸腾的瀑布之下，翻涌的山湖之滨，一棵绿叶如盖的老樟树之中卧着一个小小的鸟窝，一只母鸟在窝里静静地趴着，双眼微闭，它的怀里是一只安睡的雏鸟。同学们个个醒悟过来，赞叹道：这才是极致的宁静、极致的美。

山宁水静，固然是宁静的，那么，在雷电之下、巨澜之侧，母鸟还能够纹丝不动地呵护安睡的婴儿，这意境难道不是更宁静吗？

看着倚在街边小树而坐的女人和女人怀里安睡的小宝宝，我的眼睛潮湿了。在喧嚣的都市里，门前的小樟树是宁静的，但比小树更宁静的是街边的女人。

故乡的紫云英秋种冬生、春盛夏败,在生命的极佳处,化作一地肥泥护庄稼。

故乡的紫云英

故乡的冬天,山寒水瘦,草枯风疾,唯有阡陌纵横之处,紫云英像一块暖暖的地毯,绿得醉人。

也许,紫云英是大地的新衣吧,绿绿的,绒绒的,为故乡的土地挡风御寒。尽管漫山遍野是枯枝败叶,连热闹了三季的有名无名的小草也有气无力,显出垂暮的气息,紫云英却生机勃勃,执着地用绿来点缀单调而漫长的冬季。

紫云英,也叫红花草,故乡的人们亲昵地称它为"草子",就像唤自家的"英子""祥子"一样,视为己出。淳朴的乡民世代以耕种为业,一年四季辛辛苦苦,从田里挖金,在地里刨食。田地是庄户人家取之不尽的财富、用之不尽的本钱。然而,田地的肥力是有限的,不可能不补足肥力庄稼就丰收。任何一样东西都不能一味地付出,而不收取,田地概莫能外。紫云英是故乡水田的食粮,秋生冬长,春天用花歌唱,夏天以籽谢幕。它穷尽一切为水田的肥沃出力,不惜奉献生命。

幸运草自己种

仲秋,二晚水稻开始怀胎,故乡的人们便给紫云英掘渠。让四下里水流有个出田的去处。准备妥当,人们把草籽伴着家肥、磷肥调匀,撒入生长茂盛的水稻田里。不出几日,它便探出一个绿绿的脑袋,呼吸新鲜空气呢。紫云英在水田里不屈不挠地长着,抽茎长叶,继而匍匐在地上,像一条条泛着绿光的小蛇。

正当紫云英长得顺利、长得快活的时候,一场劫难来了。秋收时节,乡民们在长满紫云英的水田里收割水稻,人踩进来,机器开进来,在紫云英身上踩来踏去的,毫无顾忌。秋收过后,水田里一片狼藉,茎叶柔软的紫云英被踩踏得面目全非。如果草会哭泣,我想,这个时候紫云英一定在天底之下蜷身缩骨,抱伤饮泣。

秋风瑟瑟,秋雨沥沥,紫云英在孤风寂雨中,越过那一道道伤茎断骨的磨难,昂头挺胸,立于日渐荒凉的田野。它挺了过来,绿油油的茎叶迎风招展,然而,无情的冬天踏着沉重的步子来了。天寒地冻,是紫云英的第二场劫难。因为寒冷,多少草树抽身缩颈、枝枯叶落,又有多少草树无声无息地死去,完成自生自灭的生命轮回。紫云英却独立寒风,以奔放的生命力傲然于枯寂的荒野。高洁的生命,如紫云英一般,活得孤孤单单,却在自己的寂寞孤影中绽放出生命的美丽。

春暖花开,紫云英在万艳丛中,以自己青绿的叶和或紫红或纯白的花,为大地增辉、为田野增色。从田野的一角望去,紫云英地里,绿的底色漾起片片紫红、点点乳白,像是一幅抽象画。蜜蜂在花丛中翩翩起舞,采集点点花粉,去酿就甘甜的蜜汁。

布谷鸟在天空鸣叫,提醒故乡的人们春耕。农人唤醒歇了一冬的水牛,一声声哞哞的牛叫,紫云英在犁耙的作用下,钻入泥土深处,把生命化作滋养土地的肥料。夏收时,故乡的人们捧着沉甸甸的谷子,不禁高兴地说:"红花草种得好,田肥了,产量自然高了!"

　　故乡的紫云英秋种冬生、春盛夏败,在生命的极佳处,化作一地肥泥护庄稼。生如岩石之静美,死如水滴之惨烈,这便是紫云英一生的写照。

幸运草自己种

不知道现在的中秋节，故乡是不是热闹一点呢？在飘满菜香的厨房，在有电视陪伴的夜晚，是不是会思念在外的亲人，祈祷他们平安？

气韵中秋

中国传统的节日，印象最淡的当数中秋，在我的记忆中，它只是一缕故乡的云，一种略带乡愁的气韵。

故乡的中秋节，没有任何可以增添喜庆气氛的东西，不像过端午，有粽子和煮鸡蛋；更不像过年，有一系列复杂的仪式。因为穷，家家户户没有谁去买月饼；又因为没有柚子树，没有谁家能在中秋之夜端出柚子来，边吃边赏月。没有桂花香，也没有亲人归。

平静如常。

中秋节是一个团圆的节日。俗话说，天上月团圆，地上人团圆。那时候，我们村里极少有人外出，所谓的中秋团圆一说，就成了可有可无的摆设。亲人们天天在一起，何来情思盼中秋团圆？

母亲曾不止一次在中秋节来临之前，自言自语地说："过了中秋无时节,一场风雨一场雪。"好像是要精心筹备,过好一年中最后一个节日似的。可是,到中秋节,她也不过如此,和平时没有什么两样,甚至连肉也不愿剁上半斤,以示过节。

这就是我印象中故乡的中秋节,像高天上的清气,忽而飘逝,不留痕迹。

我上初中后,中秋节就只有在心中去找寻。乡中学在集镇上,离家十余里,不算远,但三年过来,中秋节从来不放假,我如何回家与父母团聚?年少不识离家愁滋味,总以为长大了,就应该远离父母,去创大业,谁还会记着在中秋之夜,对月思亲人?高中在县城,去家近百里,更是如此。

以后,离家更远,志向更大,中秋占据心灵的位置就越发小到可以忽略不计了。

1995年中秋,是我父亲离开人世后的第一个中秋节,我一个人在赣州,因为月明,睡意全无,独自下了学生公寓,在操场上漫步,头一回刻骨铭心地思念我的父亲。天上月团圆,可是地上的人呢?生死两茫茫。秋月的寒光在薄薄的夜雾笼罩下,泛着迷离的气息,我就在这样的气息中流泪,心碎。远处105国道上的汽车轰轰然来去,我知道,世上再也没有一辆能载我去看我父亲的汽车,哪怕是在月圆的中秋。

之后的中秋,我都是一个人在南昌过的。单位很人性化地为每一个单身职工发放一盒中秋月饼,并在中秋节那天放半天假。我就在半天假里整理整理自己的情绪,然后,就着从东边慢慢爬上树的中秋之月,独自想心事,想远在乡下的母亲。

吃完了单位发的月饼之后,我掏出口琴吹奏不成调的思乡曲。中秋节就在口琴内一紧一缩的气息中,缓缓地流淌。圆月

幸运草自己种

爬过树梢，倏尔西逝。夜静了，月光里飘着中秋的气韵，尽管无色无味，却深入人心，仿佛故乡生长茂盛的稻田，颗颗粒粒都是春华秋实的累积。

一晃过了16个一个人的中秋节，终于发现自己离创大业越来越遥远，少年时的梦越来越不切实际，过好每一天、守着自己的小日子，才是人生中最实际的目标。就像中秋，多好的一个节日啊，最后只落实在一只孤独的口琴上。

又一个中秋即将来临，我突然格外地想和故乡的亲人团聚，这是中秋的气韵赋予我的最本真的梦想。现在，故乡的人们大都外出进城打工，家家都有背井离乡的亲人。不知道现在的中秋节，故乡是不是热闹一点呢？在飘满菜香的厨房，在有电视陪伴的夜晚，是不是会思念在外的亲人，祈祷他们平安？

这样一个伤感的中秋，我怎能不和亲人们在一起呢？岁月流逝，走过诸多沧桑，中秋渐渐镂刻成记忆的叶片，每一线叶脉都写满了两个字：团聚。

耳畔又一次响起妈妈的低语：过了中秋无时节，一场风雨一场雪。思念如潮水漫天而来，中秋的气韵流淌出生命的原色。

心灵花园

西方有句谚语:"智者制造机会。"用自己的智慧去做敲门砖,而不是苦等家人去找关系。

幸运草自己种

我在一所成人高校普专班教新闻采访学,真不知道理论灌输了一个学期后,学生们能掌握多少。暑假来临,我鼓励学生到省城新闻单位去实习,到一线实践,边干边悟,学的东西肯定比书本更丰富、更管用。此话一出,学生们回头就和家里人联系,希望家人为自己架桥铺路,找个实习的机会。蛇有蛇路,兔有兔踪,大家八仙过海,各显神通。

新学期来了,我继续承担了这个班的新闻写作学的教学任务。一部分同学见了我神采飞扬,兴奋地给我讲实习的故事,这让我感到欣慰。悄悄摸底,我发现班里的同学一部分在市报、县电视台实习,一部分待在家里,没有人在省城媒体,只有吴俊生同学到中央电视台的一个栏目组里做实习生。待在家里的同学怨气十足,哀叹自己家里没后台,连新闻单位的门都摸不到。也有同学感叹学校不好,找到新闻单位,人家不要,只收复旦大学、南昌大学等名校新闻系的学生。在基层单位实习的

幸运草自己种

同学则齐齐地羡慕起吴俊生来，觉得他家里有通天的本事，居然找到中央台去了。

吴俊生说出真相之后，大家都惊愕不已。他说，他有一个远房亲戚在中央电视台做编导，打电话过去亲戚不在，央视一位制片人接了。他不急也不惧，把自己的想法给说了，对方要他传一份个人资料。当晚，他把个人情况介绍连同发表过的文章的网站链接一起发给了这位制片人。第二天，他便接到制片人的电话，让他放假后就来试试看。整个过程，他的远房亲戚压根就不知道。

毋庸置疑，吴俊生理论掌握得好，能写会说，有胆量，具备一个记者的素质。但是，在班上，像吴俊生这样出色的并不止一个，为什么只有他一个通过自己找到实习单位？关键一点，他不等不靠，具备先人一步的主动性。他在拥有一定的文化和理论的积累之后，知道用自己的智慧去做敲门砖，而不是苦等家人去找关系。西方有句谚语："智者制造机会。"机会是等不来的，同样，也不是靠父母、亲戚拉来的，它要每一个人用智慧去创造。

现在，这个班学生已毕业了，吴俊生成了省台的新闻记者。教师节来临之际，他给我寄来一张贺卡，上面写道："谢谢陈老师给我知识，给我力量，给我一片人生的幸运草。"其实，我给予他的仅是一粒幸运草籽，幸运草是他自己种的，现在长得繁茂旺盛，那是他自己顽强拼搏的结果。

深秋了，花期已近，所有尘世的哀与乐，如风过耳，留给秋海棠的只是寂寞。

秋海棠

　　花盆里秋海棠生长繁盛的时候，秋天真的来了。

　　空气里还残存着夏天的暑气，炽热沉闷，仿佛在人的心头压上一块无形的重物，让人喘不过气来。放眼望去，叶黄叶又落，大街上枯叶腾腾飞扑，像是老而瘦的思绪在做最后的恋夏回忆。黄是秋天的原色，代表着成熟，也标志着衰老。间或以松柏之类的青翠点缀其间，那是无言却夸张的炫耀。拿四季如一的深绿在秋天里张扬，是松柏的浅薄。可见，以不老著称的树仙也有它的鄙陋之处。而秋海棠则不同，它的叶嫩绿嫩绿，汁水饱满，水灵灵的；它的茎玲珑而柔韧，它的叶鲜嫩而多汁，勃然而富有生机。初秋天气，又热又燥，但秋海棠依然像活动的水晶一般婀娜多姿、柔情万种。

　　最可爱的，要数刚刚吸入一点喷水的秋海棠了，鲜嫩欲滴，尽显极致的美丽。四周是干燥的，远远近近的草和树枯死了一般，耷拉着脑袋，垂丧着脸，毫无生气。唯有吸水后的秋海棠

幸运草自己种

生机勃勃,风光无限。比较之中见本色,秋海棠倘若立在春天的万艳之中,其美则稍逊风骚;傲立于秋天的萧疏之间,其美则有登峰造极的意味。

仲秋时节,秋海棠柔韧的茎叶之间渗出点点红晕,继而红晕扩大,像是感到越来越羞的小姑娘的脸。花红红的,或偏紫,或偏淡;手指触碰一下,有真羊绒的质感。孤孤单单的红花绿叶,捎来远去的春的气息,让人在秋的况味中畅想姹紫嫣红的繁华。秋海棠秀于孤秋,风骚独领。

每每写字眼累心倦,在门框独倚,静静地观赏色泽艳丽、鲜嫩无比的秋海棠,我顿悟:秋天里深藏春天。秋海棠穷尽一生,耗尽一切,用自己的鲜嫩和生机营造着春天的氛围。花红叶绿的秋海棠,是秋天里的春天。我想,"秋天里的春天",该是秋海棠的别名吧。

深秋了,炎热消遁于一阵紧似一阵的秋风之中,风里有一丝丝凉意。秋海棠的花在一夜凉风的吹拂下,不胜娇羞,离茎叶而去,坠入泥土。点点落红,在我的心湖里激起圈圈涟漪。惜花常恐深秋早。深秋来了,花期已近,所有尘世的哀与乐,如风过耳,留给秋海棠的只是寂寞。

落红无言。

寒风终于从北方刮来,秋海棠光秃秃的,苦挨着,用坚韧抵抗着日甚一日的风寒雨冷。仅剩的几片绿叶,还在吐露生机,是否在回味过去岁月的繁华,抑或曾经的绮丽之梦?秋海棠的梦承载回忆的感伤,亦包含畅想的欣喜。来年,它又会以春天的姿态屹立于秋花之中。

秋海棠一点点瘦去,我念起送我这盆花的一个叫秋秋的姑

心灵花园

娘,不知不觉生出一缕缕的思恋。思恋印在花上,思恋因而可感可触;花影落在思念里,花影便了无痕迹,不可感亦不可触。

秋海棠,在秋天里装扮春天的花仙,相会待来年?